目錄

前言

鄉民與酸民

〔爆卦〕有沒有「巨蛋」的八卦？

各位E罩杯水水和三十公分的潮潮大家好：本魯先發表不自殺聲明。本魯身體機能一切正常，體檢各項數值都保持健康，且不會靠近鐵道、樹林、海邊等危險的地點，也保證近期內不曾有過自殺的意圖。

話說本魯剛剛睡午覺作了一個夢，好像說有個市政府跟某個主打很幸福很快樂的集團簽約的指標型建物，施工設計圖違法變更，目前已經被勒令停工了。

然後還夢到說市府都營科要求這間很幸福的集團要限期改善，不然就要賠償三百億的違約金。

然後本魯就嚇到醒過來了。請問有沒有人有這方面的八卦，可以跟本魯分享一下？

1F推：「關鍵字：幸福集團、小夫、巨蛋」
2F推：「一看就知道是八年遺毒，請問阿扁不用負責嗎？」
3F推：「就巨蛋啊還用在那邊作夢爆卦，市府最近BOT的指標性建築，難道還會有別的嗎？」
4F推：「五樓確定這篇是真的八卦，如果是假的就自己肛自己。」
5F推：「冒險蓋。」
6F推：「請問四樓底下是幾樓，就是五樓啊。」
7F噓：「這間本來就是貪汙集團啊，還用問。廢文一篇，慢走不送。」
8F噓：「幹，小夫又是你喔。」
9F噓：「人來了，霧散了，開始炒房了，拎北發了。」
10F噓：「市府簽約的時候就已經作過詳細調查，還在那邊嘴喔？」
11F：「樓上黨工，出來洗白帶風向了。」
12F：「好啦謝謝十樓，趕快下去領五百了。」
13F推：「沒有。」

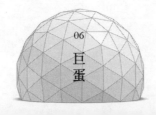

14 F推：「我覺得鄉民跟覺青都很好騙，啊就假議題啊，不知道在那邊爆什麼卦，這一看就知道市府有內鬼啊。」

15 F推：「我不確定幸福集團和幸福營造是不是有變更設計圖或關說，但我有個朋友、她的先生就因為『巨蛋』的工程糾紛，遇到了交通意外，到現在仍是植物人的狀態。我朋友原本就是纖細的體型，經歷這件事之後整個人又瘦了快十公斤，已經不成人形了。我真的覺得這個案件必須深度調查，還他們家一個公道。」

16 F：「樓上有卦？」

17 F推：「樓樓上先承認你就是假帳號來發假新聞的。」

18 F推：「記者快來抄。」

19 F推：「媽我在這。」

20 F噓：「沒憑沒據，亂爆卦帶風向，你媽媽知道你在這邊發廢文嗎？」

21 F噓：「黨工來上班啦，現在還太早戰不起來。」

22 F推：「沒差，周邊房價繼續炒，房仲表示：請酸民沒錢不要來亂，不要唱衰房市。」

第一章

燃素與燃點

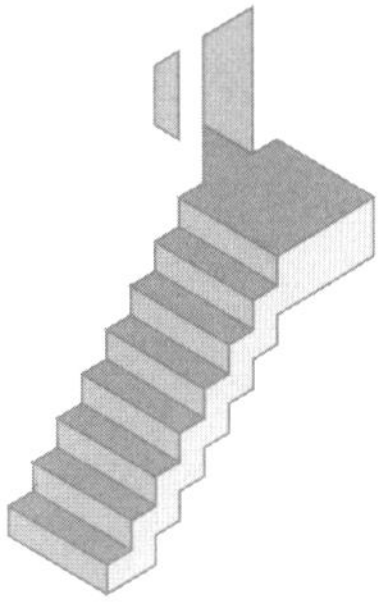

1 災後五十分鐘——德宇

還不用幾分鐘，原本整間坐滿，大約可以容納兩百人以上的會議室，忽然就變得空蕩蕩了，好像身處荒涼無人煙的蓊鬱山谷，稍微大聲講話傳回來層疊卡農的回音。

剛剛看過去滿滿黑壓壓一大片的後腦杓海，像用某種繪圖軟體去背景那般，全部給一股腦倒空。

我忽然有一種孤絕感，就像高中默背過的古文，什麼「渺滄海之一粟」，雖然早就忘了這句出自何處，但現在這個時空節點的我，像什麼電光星馳、福至心靈，貌似能體會這種感覺。「前不見古人，後不見來者」，差不多就是現在這樣吧。

角落也還有幾個生還的受災遊客，似乎還不是非常情願離開這間會議室。但我其實也不太確定——他們到底是像我一樣選擇障礙，因而遲遲下不了決定，還是打定主意不打算離開這個暫時可以占據為「安全屋」（Safe House）的會議室。

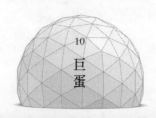

但絕大部分的逃難群眾，應該都跟著剛剛那個戴著工地帽、說起話來很有說服力的維安保全主任離開會議室，不知道往哪去另尋出路逃生了吧？

我竟然還留在這裡，沒跟著一起去逃生。雖然有點後悔，但我回想自己看過的那些、小學時社會科播的災難逃生教育短片，印象中遇到這種大型災難和公安意外的時候，留在安全的空間等待救援才是最好、最有效，存活率最高的。

我在想這就是所謂的舒適圈吧。從有記憶以來，自己似乎一直都是這般喜歡躲在自己構築舒適圈的那種人。

那種冒險犯難，星際探險，穿洲越境去尋找新大陸、開拓大航海時代那一類的事情，我是絕對不可能去做的。

●

雖然眼前每個景象都格外清晰，但我卻始終有一種失真感。好像科幻電影的場景，記憶被置換過，蝴蝶效應那樣，現實發生的事情跟記憶連結不上。

又有點像一次服用了過量的安眠藥，卻沒能順利入睡，但也稱不上清醒。眼窩很痠很沉重，鼻腔悶悶澀澀的，每個畫面都在搖晃、像泡在暗房的銀鹽液裡，橘橘糊糊，讓人分不清楚是現實還是夢境。

宛如視覺暫留似的，我想起一個小時之前才跟我說過話的專櫃女店員。她皮膚白皙，穿著專櫃規定的俐落黑制服套裝，還紮著烏黑亮麗的馬尾。

我想不起來她的五官任何特徵，只記得她的手指，更準確說應該是無名指。她戴著那只純銀戒指的纖細無名指特別美，像某種標本那樣，好像那種寓言裡的仙女，揮動手指就能施展魔法，點鐵成金。

「對，我想要這一款。但，我想送的對象，那個……她的身材比妳來得更嬌小一些。」我怯生生地說。我實在不知道明晴的無名指指圍，只能這麼揣測。

「所以戒圍要小一號是嗎？好的沒問題。若先生您在贈送之後，對方試戴發現尺寸不合，七天內憑發票回到我們專櫃，都可以幫您進行退換貨。」

雖然只是例行公事的對話，但我依舊幻想著，當明晴收到戒指時的驚喜表情。她的大眼睛可能會因為驚喜瞪得更大，喜笑顏開。當然，若她其實沒有這個意思，也可能會驚恐，驚嚇，甚至退回禮物。

那麼我想想看，到了那個時候我該怎麼辦？

不，不用這樣預先擔心，現在想這些都還太早了，壓根就還沒有那麼快走到那一步。

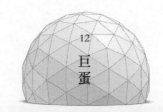

這當然不是求婚，嚴格來說、這充其量只能算是告白禮物。所以我挑的也只不過是個中價位的品牌。

我特別上網查過了，這個法國品牌的飾品，價位對我來說勉強還算可以接受。所謂的「勉強可以接受」——指的是就算最後告白的結果，是慘遭明晴打槍，我也還可以接受，可以佯裝大器瀟脫，而不至於到見笑轉生氣，沒品地想去要回禮物的那種程度。

聽說這個以小寫「b」作為logo的法國品牌，似乎是許多男生初次贈送禮物的首選。它們的包包、配件和飾品，據說普遍得到女大學生以至於輕熟女的最愛。

在遇到今晚的災難之前，我一直覺得能和明晴重逢，真是一件太幸運的事。在我窒塞卻又空乏的海馬迴記憶體裡，自從大學畢業，自己好像沒有遇過什麼真正算得上幸運的事。甚至我覺得自己有些不幸，找工作不順，感情也不順。

在這場災難之前，我還覺得能重新和明晴相遇，並且有機會約她出來吃飯，是自己這好幾年所累積的好運，像火山爆發或板塊運動那樣，一次性的正常能量釋放呢。

至少在整個學生時期，我雖然有想過，卻絕對不敢將和明晴告白的這件事，真正地付諸行動。

大學時明晴比我要小兩屆。雖然說小兩屆，但我們系的女生人數算不上多，更何況是特別亮眼的學妹。因此如果我的記憶沒錯的話，當時明晴還曾經當選過全系海選的「人氣正妹」的前五名或前三名。

就我和我當時室友那一票肥宅的不負責觀察，明晴的異性緣絕對是全系最高無誤，無論是顏值以及身材比例都沒話說。但她幾乎不與系上其他女孩來往。在那個一群女孩如麻雀如小鹿斑比吵鬧喧騰的時光，她總是獨來獨往，下了課放了學就不見人影的那種邊緣組。

我是在上個月的一場研討會場合，意外地與明晴久違重逢。當時我非常意外，像明晴這樣亮麗又聰明的女生，竟然也留在大學院校這樣有些枯燥的單位任職。但後來才知道她只是在主辦研討會的系所當約聘助理。當然，認真說起來我自己也只是幫以前的老師打工，領的是連約聘助理都還不如的計畫鐘點時薪。

但重逢就是重逢。我忘了是哪部電影的台詞說：「人生一切的相遇，都是久別重逢。」

希望這是一次難忘的聖誕夜。是人品爆表、是幸運值如猛烈火勢熊熊點燃的一晚。

但那一切都持續到一個小時、也就是六十分鐘之前而已。熊熊烈火啊，這是多麼諷刺的一個隱喻詞語？

也就是為了這趟採買告白禮物的行動，所以在聖誕夜的前一天，像我這樣的一個苟且度日、大多數時間無所事事，靠著幫以前老師做臨時工讀、管理實驗室設備的典型阿宅，獨自來到了即將開幕、許多專櫃都正在進行試賣且打著折扣戰的「巨蛋」。

所以說啊如果認真追究起來，像那種平行時空產生的分歧宇宙因果與因緣論，我今晚會遭遇到這場意外，現在會受困在「巨蛋」之內，好像都與和明晴的重逢有些關連。唉，所以是說我不要再遇到她，一切就沒事了嗎？或是我這等阿宅放棄對正妹的嚮往，我就會一如往昔地宅在家，一切就都不會發生了吧？

不，我在想什麼啊。就算我在巨蛋裡遇到這次意外，還是會有其他人遇到，災難終究會發生的。這就是我們這個被鄉民譴稱為「鬼島」的地方、極其壯烈極其悲劇的宿命。

●

我覺得在此之前，可能得稍微介紹一下「巨蛋」。眾所周知，近年以T市為中心的首都圈，人口大量移入，交通建設如環狀線、機場線等軌道設施快速發展，都心的蛋黃區無論人口密度、交通擁擠程度，當然也包括房價，都趨近於一般人難以忍受的程度。於是市政府提出了未來T市新的空間概念——也就是往地下發展。

而此時由市政府外包招標，委託由「幸福集團」營建的大型公共建設——「巨蛋」，就象徵了T市未來的建築學新概念。

T市目前由十條以上高運量或中運量的環狀捷運線圍繞，因此，在深入地底十到五十公尺的區段，布滿了密集的捷運軌道。姑且不論地質學或地科結構這些專業的知識好了，「巨蛋」的邏輯就是通聯這些捷運線之間的空間，進行有效地利用。

於是乎在確保力矩力學與安全性的規劃之下，占地十五公頃、約五萬五千坪，地上兩層地下四層，一座大部分面積深埋在地底的「巨蛋」即將落成。

在這個蛋形建築中，地面空間分為東、南、西、北四個區域。其中東西北側都是規劃作為停車空間，而南側是設計成為生態景觀公園。

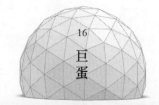

至於地底的部分，就是真正的主場館、配合地面主建物，也劃分為兩大區域：A、B、C區與D、E、F區，中間僅有一條連通道互通。除了商場、電影院影廳，還包括田徑場、游泳池、足球場，還有四到五個中、大型展覽廳與表演廳等等。由於目前還在試營運的階段，尚有部分空間並未完全開放，但也即將在未來一個月內、陸續剪綵開幕。

與其說它是「蛋」，「巨蛋」其實更像深埋蟄伏於地底的某個巨大蟲卵或祕密基地，將一切奢華、拜金、娛樂和資本主義陷阱，完整地包覆在其中。如果更文學一點來說，「巨蛋」的存在與未來，大概就是「火樹銀花」、「紙醉金迷」那些成語，被具象化成實體的模樣。

●

就在專櫃小姐剛剛幫我打包好，將那精巧的小提袋交給我的一瞬間，代表災難來臨的警鈴聲響起。一開始我和其他遊客都只是怔怔站在原地，沒有任何反應。

大約幾十秒或一分鐘，就傳來鬧嚷嚷的鼎沸人聲。接著整整高密度的一個小時，我的耳邊始終迴盪著一大串的尖叫、嘶吼、奔跑的聲響。到現在我幾乎已經聽覺疲乏了，不確定到底是意外剛發生時的聽覺暫留，還是這些尖叫、鬧嚷、喧騰、混亂，從來都沒有真正停歇過。

這明明是只有在災難電影、在內戰交戰區才看得到的大混亂大毀滅，竟然猝不及防地就在我身邊發生了。這一切都太假了。頭顱內的悶嗆感再次出現。我真的覺得自己若不做些什麼，可能會就此窒息。

我在想，如果今晚的記憶暫存是一場電影，或一部剛剛開篇的小說，那麼我真心希望它能倒轉回到故事的開頭。或時空暫留跳躍的縫隙沒辦法那麼長的話也無妨，就跳回到最後平和靜好的那一幕——女店員將銀戒掛上她自己的無名指，為我試戴的那一幕。她細長如蔥白的手指，在漆黑中閃爍著光芒。

那是我所有記憶中最後一幕有光、有愛、有歡笑，還堪稱得上是幸福的場景。我腦中浮現明晴開心收下禮物，將戒指戴上她同樣白皙手指的幻想。

我甚至不確定——自己有沒有機會送出這枚戒指。

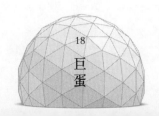

2 災後三十分鐘——雅筑

我清醒後的第一個念頭，腦海中浮現的第一件事，就是那隻原本預定要送給筑琪當作聖誕禮物的卡娜赫拉玩偶。

還好我很快就摸到了那毛茸茸的觸感，它們就被放在我的左手邊——咧嘴而笑的兔兔和小雞，依舊那麼萌呆地望向前方，粉紅色與粉白色交錯的可愛配色，還有好像可以抵抗這個世界的無敵無邪笑顏。

我荒唐地在想：就算我們被這場意外給吞噬襲捲，最後所有人都不幸葬身這場惡火了，卡娜赫拉的成員們似乎也能一直這麼開朗、這麼可愛下去。直到所有燈光與歌聲都熄滅，直到世界末日到臨。

家樺說我忽然就暈過去了，失去意識，時間大約三十分鐘左右，而且一點前兆都沒有。是家樺還有兩個好心的大叔扶著我，來到了這間可以容納兩百人左右的大型會議室。

當然，情況並沒有好轉。我的意思是，現在的我們依舊受困在「巨蛋」裡面。這真的有比較好嗎？不過比起剛剛那失序、混亂的災難現場，雖然現在周遭依舊鬧哄哄的，但我已經覺得舒服很多了。

「對不起，我真的盡力了。」我回想上個星期的勞作課時間，家樺跑來我負責的外掃區域，垂著頭道歉。這當然是沒辦法的事，畢竟家樺要幫我們搶的，可是號稱台灣第一天團的演唱會門票。

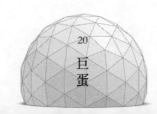

我從國小開始就是這個五人組樂團的頭號粉絲，若更精確一點來說，我可以說是主唱和貝斯手的終身鐵粉。而同班的家樺與筑琪當然也算是鐵粉啦，但我肯定他們沒有像我如此資深。

家樺果然沒有訂到票。他說他在便利店排隊到凌晨，十二點一到就搶先登入訂票系統。但誰料系統竟然給他當機了，足足當了十五分鐘。接著系統重整完成，再重新登入，所有的門票都已經售罄了。如果用新聞媒體的專業術語來說，這就是所謂的「秒殺」吧。

「我想到了。還有一招耶。我們可以去看彩排場。」這個建議是我提議的。即便我在同班的筑琪、家樺組成的三人小團體中，是年齡最小的，比他倆還要小幾個月，但我不知道何時扮演起 leader 的角色。而他們倆向來是附和我的小團體組員。就像小時候玩過的、猜領袖的遊戲。當 leader 換了姿勢，所有圍成圈的小組成員就要跟著改換過來。

我當然也知道就算是彩排場，畢竟是第一天團，也不是那麼容易就能混進來聽，總得要有什麼工作證還是公關票那一類的。但我有大絕招，不過這可是最高機密。

「你們知道巨蛋吧，捷運坐到『城市大學站』。那我們那天下午六點直接在捷運站二號出口集合。」

「『城市大學站』那是在都心線對吧？還是東區線呢？」筑琪老家在外縣市，直到高三這學期她才搬到學校附近的套房，說是為了準備學測，我也有因晚自習太累，跑去她的房間借住過。但身為姊妹淘，我總有種第六感——好像她刻意租房，是為了跟情人同居那一類更曖昧的理由。

雖然我跟筑琪在班上都被歸類是愛打扮的類型，但筑琪還花了不少時間在球隊和社團。我觀察啦，她怎麼看都不像是那種會為了大考還額外租房拚命用功的高中女生。

「大家聽我說，我們現在所在這間會議室是在『C區』，就是在地圖上的這個位置。但我們大家如果想要等到救難人員主動進行搜救，就不能在這裡，一定要再往上走一層才有機會。」正在說話的大叔聲音宏亮、咬字很清楚，頭上還戴著螢光藍工地帽，他沒有拿麥克風，直接對著倖存的民眾大喊。

再仔細一看，工地帽大叔手上拿著就是走廊上會出現的、用以指引遊客緊急避難路線的硬紙板地圖。話說從小到大，我都不曾認真去看學校迴廊貼出的緊急避難圖或什麼逃生通道。

什麼緊急或什麼逃生的，在今晚之前，距離我身處的世界實在太遙遠，太不真切。

大叔繼續說明著，類似什麼緊急排煙裝置沒有啟動，中控台可能失去動力，以及什麼建蔽率的考量，滯留區位於E區上方等等之類的、我不是很了解的未知領域。

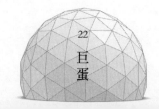

但工地帽大叔說起話來真的滿有說服力的。但怎麼我印象中歷史課本裡面似乎也有類似的事件——摩西帶著信眾出埃及，分隔紅海；墨索里尼站在坦克車上向義大利首都推進；還有最扯淡的就是，某個偉人總統在他的家鄉什麼村的，看著溪裡的小魚逆流上

游，於是下定決心要拯救同胞於水深火熱的苦難之中。

「反正大家跟著我走就對了。」工地帽大叔眼下，就正在努力表現出這種沛然無畏的全知氣勢。

「我們也一起走吧，我覺得如果那個工地帽大叔是這邊的安全人員，應該對『巨蛋』的建築結構很了解，那麼去哪裡逃生什麼的，他應該都很清楚。」筑琪每說一句話之前都隱約要壓抑緊張似的、深深吸一大口氣。感覺得出來她只是佯裝鎮定，其實對十七歲的我們來說，這種只有在好萊塢電影裡面會目睹的大災難，實在是太違和也太不真實了。

「可是雅筑現在還沒辦法正常行動吧，我覺得我們應該在這間會議室等待救援會比較好。」家樺少見地提出了自己的建議，反駁筑琪。

同班這兩年，就如我所觀察的，家樺和筑琪大多數會是附和我、或附和意見領袖的那種同學。每次開班會我提的臨時動議，他倆也一定會附議。上學期有次筑琪的英文模考有一整大題沒被算到分數，明顯是改錯了，是我陪她一起去找老師申覆；而家樺明明有出席勞作教育，在校區打掃，卻被學長記在缺席的點名冊上，也是我代替他去向學長抗議。

「這會議室應該是在『巨蛋』地下第二或第三層吧。但就算我們會因此受困在這裡，我、我也還是認為我們三個人要集體行動。」家樺臉上露出那種，極其艱難地作了重大決定的表情。

我印象中認識他以來，家樺就是一個說話聲音不大，感覺上有些懦弱、有些不可靠的男生。或許也就是因為如此，我們三人團體大部分的時候，都是我在作決定吧。

但家樺畢竟是男生。雖然我從來都不相信什麼女生上了高中數學理科就會變爛，邏輯力比不上男生，會從姊妹淘情誼轉而開始喜歡異性……但有些事情真的就是這樣吧。一切都是大自然。我在腦洞大開的世界裡，想像星火燎原、漫天烽火的景象，但家樺寬闊的背肌、英勇擋在我的面前。

「你們手機的電量剩多少？好慘喔，我只剩大概二十趴而已。」結果是我想到最關鍵的一件事。

目前「巨蛋」的對外通訊可以說完全停擺了，手機沒訊號、wifi沒格，完全連不上有線無線的網路。

恐怕是這附近的基地台都因為火警而燒毀或暫停運作，因此我們完全無從得知，到底火勢目前是否被控制了？還有在剛才的混亂過後，消防救援是否已經趕到了？

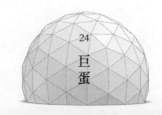

甚至最糟的情況就是——我們現在所在的會議室，只是暫時「還沒有」被火勢影響。意思就是濃煙或高溫的火舌遲早也會將這裡給吞噬。或者是在此之前，巨蛋就產生坍塌也不一定。

總之只要我們想要與外界聯絡，就需要維持手機或其他通訊器材的電量。

而且我還有「那個東西」。現在還沒有別人知道。

●

我伸手摸向背包裡的那台機器，還好，它還在。這是老爸給我當作今晚識別、通行專用的「通行證」，是一塊平板電腦，液晶螢幕上有顯示持有人的資訊。但我不確定它除了識別之外，有沒有通訊與傳輸的功能，以及能不能如一般的平板電腦那樣，有上傳或下載的權限。

其實我爸就是「幸福集團」的員工，更精確來說，他應該是「幸久建設公司」的專案副理。之前的弊案爆發之後，原本的營造公司也宣告倒閉，於是幸福集團另外成立了一個新的營造建設公司，就是我爸服務的「幸久建設」。

我家老爸那時候從幸福集團的總公司，被調去了幸久建設當專案副理，所謂的「專案」指的就是「巨蛋」這樣一個重要的指標性建案。

我知道同事都叫我爸「副理」，但我並不清楚所謂的統籌或專案，到底有多麼高的權限，或者是要處理到什麼層級的事務？

但我有印象的是，當兩年前弊案爆發，幸福集團滅火並且重新解決這些新聞事件之後，重新與市政府簽約，而當時老爸也站在舞台前，在畫面的最右側，被攝影拍進了新聞畫面當中。

新聞畫面裡最中間的兩個人，一個是市長，另一個則是被鄉民戲稱為「小夫」的幸福集團總裁。

那一陣子新聞都跟「巨蛋」有關，什麼非法變更設計圖、違約、收受回扣，還有抹黑帶風向什麼的風風雨雨。我也聽過爸媽為了這件事吵過一兩次小架。好像是有次被我發現、我們家門口發現有一台漆著某某新聞台的採訪車那時候吧。老媽責怪爸幹嘛去接手這種爛攤子，但爸爸刻意壓低的聲量太小，我根本聽不清楚。類似要老媽別擔心，一切合法之類的吧。

但那都已經兩年前的事了，現在早就沒事了，風波平息了。

而這次我之所以能拿到這次樂團彩排的工作通行證，也是拜託老爸的。他給了我三

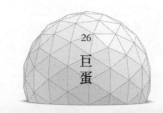

張通行證，還有這台ＶＩＰ的通行識別平板電腦。大概三個小時之前，我跟家樺、筑琪除了掛著通行證，也是用這台平板掃過條碼之後，維安人員才讓我們進到位於「巨蛋」裡的演唱會場館。

只是老爸也用平時鮮少看過的虎虎凶臉叮囑我，「不要隨便跟別人說你老爸負責『巨蛋』這個專案。」但我總覺得家樺和筑琪不能算是別人才對。

我又覺得頭有些暈。在大姨媽來的期間又遇到這種大事件大災難，讓我的貧血症狀愈發嚴重，一時之間實在很難改善。我也真正體會到——原來頭暈時眼前真的會跑出那種超級瑪利歐遊戲裡，旋轉不已的金色星星，雖然很難受，但又覺得用更美一點的意象來形容的話，彷彿無敵遼朗的一整片星空。

「我想稍微再躺一下。」我這麼說的同時，筑琪很貼心拿出體育服給我，當成鋪在地上的軟墊。我實在不忍心卻還是將準備送給筑琪的禮物卡娜赫拉玩偶，直接給拿來當成了枕頭。

粉紅與粉白的兩隻玩偶，原本主打的可是療癒系。只是在這樣難以預料的悲痛與創傷之前，它到底能療慰多少創痛與受傷的心靈呢？

比起我，這場意外對於明天生日的筑琪來說應該更受傷吧。那可是十八歲生日耶。

象徵跨過那條成年的換日線。

等等，我忽然覺得怪怪的。是了，我剛剛用的是「意外」這個詞。但像「巨蛋」這麼大的公共空間，有那麼多安全與消防的設備，竟然會因為火災就這樣整個延燒起來，怎麼想實在都不像是意外。

「欸，我覺得，我們不用擔心啦。我上禮拜在商店街那邊遇到一個算命的阿婆，她幫我看過手相。照她的說法，我應該會結兩次婚才對。所以我們今天應該沒事啦。總不可能我還母胎單身，就這樣掰了吧？」筑琪佯裝開朗地想要說些別的話題，還不自覺加大音量。但太大聲了啦。會議室裡只剩下我們幾個人，我甚至覺得對角線的宅男大哥和阿姨都在看我們這邊，感覺有點丟臉。

「欸你講話小聲一點啦，好丟臉。問題是，你怎麼沒找我一起去算啊？我也好想找人幫我看一下手相喔，看看感情線、事業線什麼的。」我張開自己的右手掌，掌紋淡淡的橫豎交通，像玫瑰花瓣的紋路。

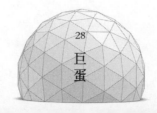

「那算命阿婆有算到，說不定我們三個人的生命線一樣長嗎？」家樺在旁邊冷不防說了這句話，怎麼聽起來那麼不吉利？不，我想他是在開玩笑吧。

但這個玩笑對於當時的我們來說似乎都有點太嚴肅了，所以大約有幾秒鐘，整個空間沒有人說話。

「我去問一下留在這裡的其他人，接下來有什麼打算，說不定他們另外有計畫，才沒有跟著大家離開。」家樺邊說邊起身。我望著他明顯與女生體型有別的寬闊肩膀和骨架。

或許我也不一定非得當我們三人團隊裡的小女王或leader。或許偶爾當一下公主，體貼一下被保護感覺也不錯。

3 災後四十分鐘──老貓

不知道是不是我的錯覺，總覺得這間會議室比我們進來時還更加悶熱。明明那麼多人離開之後，應該會更通風一些。看來底層的火災還沒有得到控制。再加上──我抬頭望向中間空調的出風口，雖然還有微弱的抽風聲，但不確定空調裝置能順利運作到什麼時候。

諸多證據都顯示著──這整座「巨蛋」正處於緩慢的崩毀與塌陷之中。如果連抽風系統都停擺之後，我們就非得離開這間會議室不可。

原本坐在會議室角落，和他兩個同學在一起、外表看起來挺機靈的高中男生，跑來這邊向我問不到什麼更重要的資訊，於是默默坐回了他那兩個穿制服女同學的身旁。

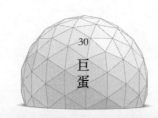

想想也真是慘啊，他們幾個應該還不到十八歲吧，就遇到這種鳥事。

我都忘了我十八歲時在幹啥了？應該還在讀軍校的階段吧，每天早上五點半的部隊起床作息，接著聽教育班長訓話、出操，渾渾噩噩度過每一天吧。

雖然說這幾年台灣經常有災難，什麼地震風災或塵爆之類的，但都沒有這次意外來得嚴重。我已經可以想像無亂不作的媒體，會怎麼見縫插針。「五十年最嚴重的公安意外」。「巨蛋火災，死傷不計其數」。「美國CNN日本NHK即時連線搶先報導」。這就是台灣鬼島特有的新聞報導模式。人家隨機插播的新聞，再變成我們的舊聞，然後如此傳頌。

鬼島啊，這個網友戲謔發明的稱呼，真的一點也沒錯。

還有那個戴著亮藍色工地帽，宣稱自己是工地主任的傢伙。真的不能小看台灣特有的集體無意識、從眾心理與集體恐慌。大家說什麼書好看就去買，大家說什麼東西要漲價要搶購就去排隊。

就我的角度來看，那傢伙只是一個戴著工地安全帽，身穿象徵勞工的黑背心，出來嘴炮幾句講講幹話，大部分的倖存者就這樣被他給帶走了。

這讓我想到小時候聽過的那個童話，穿著紫斑衣的吹笛人吹起他那只魔笛，整個城鎮的孩童跟著吹笛人，進了深密無底的森林，從此再也沒有回來。多殘酷，多悲傷，多不適合講給小孩聽的童話啊。

但不知道為什麼，我們小時候聽過的多半是這般的殘忍童話。

「小弟你一看就知道，我一個阿伯實在已經沒法再走了啊。」當那個高中男生問我：怎麼沒跟著剛剛那個戴著工地帽的主任一起離開時，我這麼對他說，並且露出理所當然的表情。

如果眼前這個小男生再年長十歲，他應該可以很快就發現我其實是在說謊了吧。

如果他更靈敏一點，應該可以很快發現，剛剛原本同樣在表演廳的我，比他們更早進到這間會議室。而且看我這個年齡、穿著、裝扮，顯然就不會為了看搖滾天團而來到「巨蛋」。

我在三年前就已經名義上退休了。說起來現在已經是個滿六十歲的老人了。確實體能上是有一些退化，但整體來看，我的動作還是比高中生要迅速一些呢。雖然不是很情願，但只能歸功於以前的「單位」給予我的訓練。

如果從預備學校畢業後，扣掉下部隊受訓的幾年，我幾乎所有的正盛壯年，都待在這個被暱稱為「梅園」的單位。一般人大概都聽過什麼維安特勤、涼山指揮所這一類的單位，但相對這些單位，我們算是黑單位，在以前身分證要登載公司行號的時代，我們每個人都還有一個假的貿易公司與職銜、作為掩護之用。

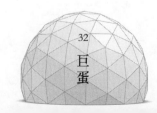

「梅園」直接隸屬於國安局，但國安局的網頁肯定找不到這個單位。如果按照機關的職掌，它負責的是情報資訊的偵搜。「蘭園」與「竹園」是電腦處理與資訊中心，而「菊園」則負責後勤與清場的勤務。基本上這四個黑單位直接聽命於國安局長與總統，就連政府內部的其他部會首長，恐怕都不知道這幾個單位的存在與對國家安全扮演的功能。

不過這個「名義上」的退休實在也不好幹。就好像我今天還是接到任務，說是有重要的情資傳遞。我按照指令，在傍晚八點半的時候，來到了展演館「三區十五排」座位，果然在座位下方看到的那只褐色信封。

情資雖然不夠充分，簡單來說，就是「梅園」攔截到了相關資訊，在「巨蛋」開幕的當天，接到恐怖攻擊的情資，且來源可信度非常高。

不過從結果來看，雖然情資正確，但「梅園」反應還是稍微慢了一些。對方竟然提早了一天展開行動。雖然今天只是試營運，進場人數沒有那麼多，但終究還是被對方搶先了一著。

整間避難用的會議室，疏散的速度要比剛剛災難發生之初要快得多，很快空蕩蕩的會議室沒剩幾個人了。一個年約三十幾歲的宅男，孤伶伶坐在我的斜後方，也就是階梯最高的位置。他時而搔頭，時而眼神渙散若有所思。我在猜他可能在猶豫。猶豫自己是不是應該跟著大多數人離開會議室，卻又不願意離開這個暫時安全的空間，身赴險境。

另外有個四十出頭、定義來說應該是「輕熟女」的女人，坐在會議室靠近中央的位置，由於長髮遮住了臉孔，從我的方向看不到她的表情，但感覺得出來她的雙肩正在微微顫抖。這是緊張，是恐懼或亢奮呢？總覺得不太尋常，我默默提醒自己，應該要多觀察留意一下這女人。

再來就是那三個人畜無害的高中生男女，他們就坐在我左前方十公尺左右的空地，這個距離對我來說，還可以勉強聽到他們談話的內容。

其中一個女生貌似不太舒服，或是被嚇暈了。剛剛大混亂中，我就注意到了，幾個遊客攙扶著她進入到會議室。我猜她恐怕是哪家有錢人的大小姐。或照現在年輕人的時興用語，這就是所謂的「公主病」嗎？

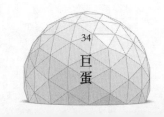

另外她的一男一女高中同學，似乎也顧慮著那個處於虛弱狀態的女生，於是決定暫且留在這間暫時的避難室。我聽到他們正在聊著剛剛結束的模擬考。似乎講到了物理科的考題，顯然他們已經從方才大混亂當中，暫時平靜了下來。

這大概是年輕人的韌性吧。無論什麼大災難大創傷大暴亂，好像轉瞬之間都可以迅速復原，沛然無懼且無畏。我認真回想，卻再也想不起來十八歲的自己，是否也曾經那麼勇敢，那麼快速自癒。

記憶像深海裡的怪異魚種，那頭頂的燈籠與閃熠熠鱗片，在黑裡森森漆漆地發光。

到目前為止，「梅園」那裡都還沒有給我進一步的指令。或許是這附近的通訊真的毀損太嚴重，因而連它們的情資通訊管道都中斷了。

既然如此，現在閒著也是無聊，我在想自己是否應該更親切一些，與同為倖存者的高中生搭聊幾句話呢？

●

「喔，對齁。那一題我選錯了，我一直以為『薛丁格的貓』算是物理實驗，沒想到答案竟然錯了，所以正確答案是『C』才對？靠，我是白痴嗎？」那個有著健康膚色，短髮加上齊眉的妹妹頭，顯得有些男孩子氣的女學生說，似乎回想起自己的模擬考表現，顯得相當懊惱。

「對啊，是『C』，那實驗被稱為『思想實驗』，之前物理老師重點提示，有回顧到這題考古題耶，你怎麼會選錯？」男生說。

「可是我記得這個實驗是關於『量子力學』啊，不是嗎？力學不就是物理學嗎？」短髮女生反問。

「你們說的這個薛丁格的實驗，是哪一科啊？」剛剛躺著休息的公主病女孩坐了起身，似乎稍微恢復了精神，也熱中參與了話題。我在想或許對他們來說，這樣的話題轉移，本身也有平復創傷和療癒的效果。

剛剛參與對話的女孩比起她的同伴，皮膚白皙，大眼睛圓亮，有點像那種偶像劇常見的「傻白甜」。只是我不確定這女生的白皙皮膚是天生如此，還是貧血或身體孱弱造成的。

「雅筑，你還好吧，該不會是撞到頭吧。」

「應該說這就是雅筑的正常發揮吧。拜託，物理才剛剛考完耶，還哪一科咧。」另外兩個男孩女孩輪流吐槽這個叫「雅筑」的白皙女孩。

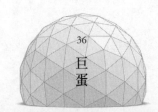

接著，那個高中男生開始解釋給雅筑聽。「在量子力學中，有所謂的『哥本哈根詮釋』，而這個詮釋是出於對『宏觀物質』的主張，認為一個量子系統的量子態，可以用一種波函數來表示。」聽這個男生的語氣，我揣想他平常在學校應該是學霸等級的。

「喔，是這個對對對，欸我聽過我知道，哥本哈根，是在丹麥吧。」雅筑很認真地想了大概十秒鐘。

「不對啊，你們是在說地理不是在說物理啊，等等我搞混了，到底模考有問題的是哪一科？」雅筑繼續用這樣有些蠢笨、但同齡男孩或許會覺得可愛的邏輯來回應。這除了「傻白甜」的設定，是不是還有一個動漫形容詞叫做「天然呆」呢？

「算了啦雅筑，你頭還在暈吧，盡量不要讓自己去想那麼難的問題好嗎？可憐的孩子。」那個健康膚色的女生說。

至於學霸男同學，則開始繼續解釋所謂的「薛丁格的貓」。

「這個實驗是這樣：把一隻貓、一個裝有氰化氫氣體的玻璃燒瓶以及放射性物質放進封閉的盒子裡。當盒子內的監控器偵測到衰變粒子時，就會打破燒瓶，殺死這隻貓。貓被毒死或生還的機率各是百分之五十。因此，根據薛丁格的詮釋，當這個實驗在進行過程中，貓會處於又活又死、或說半生半死的『疊加態』。所以在薛丁格的解釋中，當貓所在的盒子沒有被打開之前，牠永遠處於這樣半生半死的狀態。」

「幹，這是在搞什麼，可以這樣亂玩貓嗎？我覺得這實驗很過分耶。」運動型的女孩激動地說。

「就說是思想實驗了，所以並不是真的啊。只是試著去解釋這隻貓牠的死與活是怎麼判斷的。」男生繼續解釋。

「原來如此，不然根本就是虐貓，超級機車的實驗了。」雅筑鬆了一口氣似的。

「所以雅筑你這題有選對吧？」

「我根本沒印象有考這題。欸，伯伯，你的腳已經好了嗎？」雅筑望向走向他們的我。

「喔喔喔，稍微走這樣一小段還可以，但如果要我跟著剛剛一大群人逃出火場，就有點困難了。」我對於他們的物理科考題，越聽越有些興趣，於是穿過一條走道之隔的距離，來到他們三個高中生的身邊，席地坐了下來。

「你們剛剛說的這個實驗，還有一個後續，老師有教到嗎？」我刻意喘了一大口氣，努力揣摩自己是一個真真正正、不容贗造的六十歲老伯。當然我其實也不用刻意揣摩，光是拿出身分證就證明了。

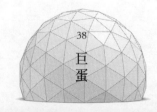

「等等阿伯，話說你聽力也太好了吧。我們剛剛隔那麼遠耶。」運動型女孩開始吐槽我，但她應該對我的身分沒有懷疑吧。

「這個……我倒不知道。畢竟只是物理課本，好像沒有寫到那麼詳細。」學霸男孩似乎對這個實驗的後續頗感興趣。

「在薛丁格與愛因斯坦針對量子力學的這個課題，進行通信討論與辯論之後，並沒有得出一個明確的答案。但到了六〇年代，有一個叫休・艾弗雷特（Hugh Everett）的物理學家，提出了一個不同於『疊加態』的概念，也就是所謂的『相對態』」。

「喔喔喔。」聽我開始開講，男學生竟然露出那種一臉想要抄筆記寫預習單的認真模樣。果然是模範生。

「欸多，這個什麼『疊加』的，如果用更白話一點的方式來說，應該是什麼意思啊？」健康膚色的短髮女生發問。

「前面你們也有說到：所謂『薛丁格』與『哥本哈根詮釋』，大抵來說就是在盒子打開之前，貓處於半生半死的疊加態，但箱子一打開貓只有死或活一種可能，也就是一半一半，機率各是百分之五十。」

「對啊對啊，欸仔細想一想，這不就是擲筊那類的機率問題。」有些輕微公主病的雅筑接著說。「這數學好像教過，等等，是怎麼說的，喔對，C2取1，然後再乘上T2取1……」

「對，你說的各百分之五十的機率，是從結果的角度來談的。」我看著他們三個人。「但我剛剛說的那位物理學家艾弗雷特則認為，這一半一半的機率，其實是由觀察者、也就是打開盒子的這個人一手造就而成的。」

「所以說……這是什麼意思？」這次就連學霸男孩在內，高中生三人組都一臉茫然。

「意思就是，原本貓是處於半生半死的狀態，所以存在著兩個平行的世界，一個活貓的世界，與另一個死貓的世界。但當觀察者打開盒子的一瞬間，貓的生死就注定了，演現成為了一種確定的現實。而無奈地要避免時空的悖論，於是另外一個現實就從此憑空消失。這就是所謂的『量子坍縮』（Decoherence）。」

「啊，我好像聽過這個，就是所謂的『平行宇宙論』對吧？」學霸男孩搶著接話說。

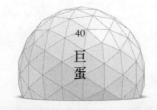

「對。所以如果觀察者不打開盒子，那麼這兩種世界觀永遠疊加在一起，但盒子被打開之後，另外一種現實就被迫得要坍縮，以保持這個世界的平衡。」

「啊，聽起來有點浪漫耶。說不定另外一個平行宇宙裡，我們不會遇到現在這種事，而是正準備和戀人一起，度過十七歲的聖誕夜。」叫雅筑的女生似乎陷入了她的小世界。她臉龐從原本的蒼白，逐漸恢復了血色。感覺起來她的貧血癥狀應該是即將復原了。

「如果是我，只希望平行時空的另外一個自己，可以填對那一題物理的選項，然後平平安安地離開巨蛋，迎接我的十八歲生日。」運動型女孩有些感傷地說。

「啊對了，筑琪，再過幾小時就是你生日了，生日快樂。這個禮物等到你生日我再給你。啊，希望新的一年，我們不要再遇到這種意外了。」雅筑邊說邊晃著她手邊那隻粉紅色玩偶。我真的不知道那玩偶的名字，應該是某隻神奇寶貝吧？但我卻在想這兩個女孩的對話。在恐怖片或災難片裡，這就是所謂的「死亡Flag」吧。某種既視感油然而生。

我們能安全地離開嗎？這也是我從火災發生到現在，始終思考的事。雖然我跟其他倖存者有所差別，最顯著的差別在於——我很清楚這場火災並不是肇因於意外。

只是為什麼選在今晚？明明接到的情資各方面都顯示是明天才會有相關行動的啊。明天上午市長、相關局處長以及幸福集團總裁等重要人物都會來到「巨蛋」，而我今晚的任務只是先來針對現場進行勘查而已。

到底為什麼讓攻擊提早了呢？是因為事跡敗露，還是有不得不的原因？或更危險更令人恐慌的是，今晚發動攻擊的人，跟明天準備攻擊的根本是不同的組織？

不過既然沒有下一步的指令，我就姑且如此、當個恰如其分的六十歲退休阿伯不是也不錯嗎？如果真的像這場物理假說——有另外一個還沒有量子坍縮的平行宇宙，那麼我應該是個普通的退休老頭，含飴弄孫，說不定還準備創業開創第二春，或在家裡養養盆栽，去公園打太極拳、遛遛小狗，拿著衛生紙和鏟子，替牠把狗屎給挖拾起來，裝進塑膠袋。

但從宏觀物體來說吧，無論哪一個時空或宇宙，其實都沒差吧。整個世界就像卵、像一枚雞蛋。危危顫顫，稍有不慎就要破損，要瓦解，要死絕滅盡。

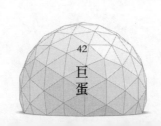

4 災後四十分鐘──淑真

我真的沒想到會發生這種事。在此之前四十幾年的不算漫長卻也稱不上短暫的人生經歷裡，我壓根沒想到自己會親身經歷這樣的事。

雖然沒有親眼見證到火焰真正燃燒起來的一瞬間，但我應該是距離「起火點」最近的人。就連「起火點」這個詞彙我都只在電視新聞裡聽到過。它與我過去這些年的日常一點關係都沒有。

起火的當時我就在影城的走廊，應該是十七廳的正後方，走廊盡頭的樓梯位置。那個樓梯是封閉的，無法連通到上層或下層，走下半層樓的高度，就是洗手間和儲藏室。

一開始我是聞到燒焦的氣味，悶嗆刺鼻，與 PM2.5 空汙造成的過敏感完全不一樣。每吸一口空氣都宛如快要窒息般的阻塞感。我想起那種新聞報導裡演過的，高溫空氣進入肺循環，將肺泡壁給燒灼，然後死於窒息的受難者。

那則報導還提到，其實大多的火災罹難者都不是被燒死，而是因濃煙悶嗆窒息而死。就是這種感覺吧，明明每一口都大力吸氣，卻始終再也吸不到任何氧氣。肺泡鼓脹塞滿，像離開海水的魚那樣，無助地在岸邊鼓動著鰭鰓。

整個世界只剩下無意義的乾涸。

大概幾十秒，又或者過了一分鐘。總之就是火光蔓延開來，從樓梯的下方開始，接著延燒到了影廳。我跟著大家後退，奔跑。整個畫面都是亮橘色，就算墨水飽滿的螢光筆也畫不出來的那種色調。

我現在回想，上次見證到這樣烈焰熊熊、濃煙火花漫天的的景象，應該是年假期間的宮廟金爐。信眾不斷地將金銀紙錢拋進香爐裡，高溫，燄舌像要把一切都吞噬掉那樣亂竄。

差別在於金爐裡焚燒的都是希望。而「巨蛋」裡的火焰伴隨著刺耳的警報聲，呼喊聲，還有滿天飛舞的尖叫、哀號、痛哭。

觸目所及，每個還可以行動的人，都在拔腿狂奔。我還看到幾個孩童，臉龐上都是淚光。這讓我想到小達的嬰兒時期，夜半如堤防潰決的嚎啕大哭，若沒有即時拍背塞奶瓶，那就是整夜不得安寧的哭號聲。

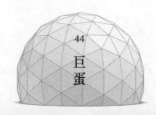

因為濃煙與火勢的快速延燒，天花板有幾個灑水器還在正常運作。但原本以為可以迅速撲滅的火勢，卻又在另外一端猛然地竄燒起來，我真的不知道是什麼原因，這有點類似國小時做過的、電池並聯串聯的實驗。

明天才要正式開幕的「巨蛋」，今天大概只開放了三分之一的影廳。影廳位於地下三樓和四樓，更上面是商場，而隔壁就是從地下三層到四層的階梯型廣場，準備用來當成演唱會或展覽的場館。

其實我並沒有太強烈的逃生和求生意念，這一切都不在我的預料之中。但回過神，我已經跟著人群被推著擠著，沿著安全梯上樓，來到位於地下第二層的這間「會議室」。不知道為什麼會議室所在的這層，一點動靜也沒有。由於緊急照明光線不足，我們這一大群人一時之間，還找不到離開這個區域的路徑，於是就暫時把這裡當成了避難的房間。

大約休息整備了二十分鐘左右吧，戴著工地帽的男人站到了講台位置，要求所有倖存者跟著他一起移動，準備尋找出路離開「巨蛋」。原本在會議室裡的倖存者大部分都是剛剛演唱會的聽眾，他們臉上貼著演唱會的貼紙，手腕上還掛著螢光圈，在光線微弱的會議室，顯得熠熠發光。不知道他們是透過什麼樣的管道，拿到演唱會彩排的通行證。大批倖存者離開之後，接下來就剩我們幾個不願意或暫時無法離開的人，被留在這間會議室。

雖然自結婚生子後，我就鮮少關心演藝圈消息，但連著幾日，帶狀新聞頻道每個時段輪播，我好像有些印象——成軍二十年的亞洲第一天團，明天將在「巨蛋」開幕當天，火熱動感開唱。據說在天團組成的二十年前，他們在T市的第一場演唱會，就在現在「巨蛋」的舊址舉辦。因為話題性十足，聽說早在開賣當天的凌晨零點，所有門票就秒殺一空。

在我殘存的記憶裡，當時的「巨蛋」，還只是一座森林公園。我在那時曾經來過那座森林公園，那時T市遠不如現在這般便捷繁華，捷運只有一條線，中運量，在高架軌道上如發光的紐帶，穿過城市都心。那是多麼華麗的場景，一切迷濛猶如夢境。

如果這麼說的話，自己從某種程度來看也算是倖存者吧。時間的倖存者，記憶的倖存者，青春的倖存者。見證了大部分年輕男女都不曾體認到——一座城市的變遷。

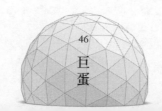

我還跟當時只是男友的先生，來森林公園約會過。後來我懷孕，我倆結婚，然後小達出生。這一切快速流轉的時光剪影，簡直就像MV裡面播放著主題曲的橋段，像捷運站響起的，列車即將進站的急促導盲聲。

然後就是「我們家」。這實在很難想像，上次來森林公園時，我還是未婚的女孩，就這麼與當時的男友手牽著手，無憂無擾走在樹叢間，和一起來聽還不是第一天團的其他歌迷們，就這麼席地坐在草地上。

下一瞬間，我有了自己的家，有了先生和兒子，然後森林公園被拆除，沒有森林、沒有公園，捷運列車、站體、軌道以及通勤的旅客，宛如生活在地面的旅鼠全鑽進到了地底，接著在我們腳底下的地殼深處，建了一整座那麼壯碩富饒，有如迷宮的建築物。

只是在此同時，「我們家」已經回不去了。我如今回想，在先生剛出意外的那幾個月，我還幻想著他像偶像劇演的那樣，若無其事地睜開眼睛，從床上起身，看著我，問我們兒子有沒有正常上學，然後一點肌肉痿縮或後遺症都沒有，讓我們家恢復成平日的模樣。

但不可能了。現在的我早就已經放棄了。沒有機會再重新來過了。

剛剛成家時，我刻意跑去貴婦百貨買來放在浴室門口的腳踏地墊，硅藻土材質，吸水速率非常快。我跟先生濕漉漉的弓形腳掌才踏上去幾秒鐘而已，水漬就完全被地墊給吸收進去，最後一點水漬痕跡都不剩。

就像我對「我們家」的記憶似的。最後也會一點痕跡都不剩吧。

但我必須記得。那是我唯一關於「我們家」的記憶。

我繼續看向那三個高中生。那兩個女孩，還有……他們三個應該是同班同學的關係吧？真好。我想起自己高中時，就只是個自閉的文藝少女，每天讀著瓊瑤小說，年輕時似乎沒有跟同學建立過如此彌足珍視的友情。果然每個時代的孩子有自己的文化。

組成三人團體的高中生，其中皮膚白皙的長髮女孩，似乎被剛剛的場景給嚇壞了。就這麼側躺在她隨身帶著的玩偶身上。

雖然我有點內疚，但更多是為她們惋惜。到底是多倒楣啊，今晚就是聖誕夜了，竟然讓她們遭遇到這樣的事。

不過認真檢討起來，她們自己也有錯吧。我記得以前長輩都會諄諄告誡我們，說人多的地方不要去，少去，以免發生危險和意外。像之前的塵爆，更早之前的夜店火災，不都是這樣的事嗎？

所以，這樣想起來的話，這兩個女生也是自己活該吧。尤其竟然還跑來像「巨蛋」這樣的地方。

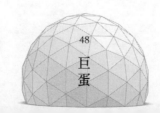

我回想起這幾天關於開幕在即的「巨蛋」的新聞。不停閃滅的頻道裡，那個外型酷似《哆啦Ａ夢》漫畫裡「小夫」的「幸福集團」總裁，用渾厚低沉的嗓音，反覆強調著——台灣未來的指標建築，絕對安全，絕對好玩，絕對讓遊客值回票價、闔家流連忘

返的「巨蛋」。

流連忘返？現在想想也是有點諷刺吧。

說實話，我從來就不相信「巨蛋」會有多安全。應該也不能說是「從來」，至少一開始「巨蛋」要動工之前，我們家還充滿期待。我先生在機電公司任職，因為工作的緣故，對於工程營造也還有一定的了解。

即便之前的業務跟「巨蛋」並沒有什麼關連，但不知道為何，他只要每次提到「巨蛋」，都好像就是由他親手監督營造似的那麼驕傲。

「我可以向你們保證，這會是T市政府，不，應該說全台灣未來可以作為指標性的建物。」大概在「巨蛋」正式動工階段，他就曾在晚餐的新聞時間，說過類似的話。我記得當時才讀小學的小達，還問過他爸爸什麼叫做「指標性」。

「指標性」啊，當我回想起這個詞的一瞬，喉嚨有些乾乾澀澀的。好像是多偉大的銀河航道裡，唯一發著光的標的物。

後來又隔了多久呢？記憶果真像潛藏在深海底的怪魚。應該是兩年前，也就是整個發包的BOT標案，被媒體爆出有關說收賄的時候。

「你不要整天看新聞，現在鬼才相信這些記者的素質。」先生邊碎念著邊粗魯拎起遙控器，轉到鄉土劇的頻道。「網路上都在講：小時候不讀書，長大當記者。」

我還記得那天晚餐時間，老公氣呼呼地對著電視說。「小達，小達，你高中畢業不會想要讀什麼新聞系吧。老爸告訴你，千萬不要齁。」我記得他還這麼說。

後來我才輾轉知道，就差不多那個時期，幸福集團正準備與我先生任職的「大心機電」簽約，由我先生的公司來負責「巨蛋」未來的弱電設備與消防安全的檢查與覆核。

後來？後來那場意外到底怎麼發生的？意外到現在又過了多久了？時間以另外一種刻度與年輪流動，然後消逝，像推移的悲傷，與緩慢的絕望。

但這些都不重要了。總之我依照約定，就在今天晚間八點整，準時來到了巨蛋。然後依照我跟對方約定好的時間，將所謂的「點火裝置」放在了編號十七廳的影廳後方，走廊盡頭的階梯。階梯編號是「C5」。

即便「點火裝置」這個東西聽起來好像煞有其事，但說起它的真面目，只是這兩年開始流行，沿街都有在賣、但內裡事先填充好易燃氫氣的「告白氣球」罷了。

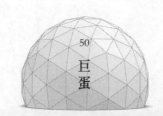

我依照一開始約好的時間與地點，將三個告白氣球放在指定的位置。我負責的竟然就只是這麼簡單的工作。

但這可是「告白」氣球呢。現在想想是多荒謬的詞彙。光是憑著這樣幾個甜滋滋，猶如糖液般甜蜜夢幻的氣球，竟然能造就這樣的大災難、大混亂。

告白啊。我努力回想與當時還是男友的先生，如氤氳般模糊的交往時光。那年他是怎麼向我告白的呢？那簡直，不，不該說是簡直，那真的是上個世紀的事了。那時候台灣還在經濟起飛的榮景，泡沫經濟奇蹟，每年GDP外匯存底公布時，像是多偉大振奮的盛事。

我記得先生跟我告白那時我們都還是大學生。我如今回想起來，那可能是台灣最後的好時代了。我們就像那個時代的其他台灣人似的樸素，貧窮卻又勇敢，口袋裡未必有錢，但時間和生活都顯得非常闊綽。快樂而無憂地度過每一天，彷彿像無底洞似的，青春的離合器與火星塞簡直像萬有引力，用之不竭。

我現在回想，那些年自己真的還好年輕，好快樂又好單純。沒有螢幕光影散射的智慧型手機，沒有隨時覆蓋的高速寬頻網路，但我們只要有CD播放器，只要又大又重的walkman，就能隨時起舞。就算約會一整晚也不覺得無聊。

在鵝黃的街燈下，我倆沿著森林公園漫步，坐在草坪上的長椅，依偎著對方，不小心牽到一下手，身體柔軟地接觸，就會輕微地心跳加速，憑此就彷彿足以海誓山盟，天長地久。

但那些都過去了。在未來的人生中，我應該不會再接受別人的告白了。也因此，告白氣球對我來說已經沒有任何意義。

不，還是有。灌滿氫氣的告白氣球，純氫氣的燃點據說是六百度，但因為氫氣是高活性氣體，只要有明火引燃，就可以快速擾動氣體分子，引發爆炸。

這些都是我昨晚才從網路上查到的資料。但燃點那些什麼的，現在的我不用管到那些。火勢如預期般快速蔓延開來，我不確定除了我帶進場的氣球之外，「他」還準備了其他什麼樣的助燃物，以及其他的起火點分布在哪裡……

「他」早就跟我說了，那些我都不用管，我只要按照計畫，在約好的時間地點，完成自己的任務就行了。

現在，我已經依據預定計畫順利完成了。太好了。

雖然我也很確定，這樣做並不會比較好，這樣做「我們家」也不可能回到跟從前一樣了。浴室門口、那張硅藻土踏墊上的水漬完全乾涸了，一點痕跡都不殘留，好像從來不曾存在過。

但這也沒關係。只要我還記得。只要我還記得報復 T 市的市政府、報復幸福集團，報復這整座葬送人們幸福的「巨蛋」，那也就夠了。

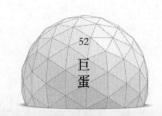

5 災後五十分鐘——德宇

整個空間越來越悶熱了，我覺得額頭甚至冒出汗珠。明明出門前才碰巧轉到氣象頻道，提到今晚入夜後寒流會繼續影響北台灣。中央空調不知道到底還有沒有在運作？又或許底層的火勢還沒有被控制住。

就我如今殘剩的物理知識，當新鮮空氣耗盡之後，火勢就無法延燒，就像將蠟燭罩在玻璃瓶裡面，待裡面氧氣自然耗盡。但顯然目前巨蛋裡仍有充足的氧氣。

實在很不合理。當發現火災後就應該立刻關閉起火點的通風扇才對。除非是，起火點不只一處。或者另外一個可能就是——縱火者目前也還待在「巨蛋」之中。

如果真的是這樣，那我們恐怕不能繼續留在這間「安全屋」了。

不過雖說如此，「安全屋」也不過是我自己取的暱稱。其他人或許壓根不這麼覺得。可是如果真的覺得已經不安全的話，他們幹嘛還留在這呢？

邊這麼思考的同時，我悄悄地觀察或說偷窺了一下目前還留在「安全屋」裡的倖存者成員，才發現自己似乎是這群人裡、唯一的成年男性。

不，也不是這樣說，在房間的最前面，有三個高中生模樣的男女。還有一個年紀大約六十歲上下的阿伯，也跟他們圍坐在一起，就這麼聊起天來。真羨慕，我如果也是那麼活潑爽朗又不怕生的個性，現在應該就不會搞成這樣，都三十幾歲了還宅在家宅在學校、當系上教授的萬年工讀生吧？

我幻設著另外一個在社交場合談笑風生、意氣風發，在如這間安全屋般的大型會議室裡，指揮若定的自己。如果真的有平行時空，在另外一個宏觀物理體系量子態的自己，人生到底會是個什麼模樣呢？

在會議室靠近中央，接近側門的位置，則端坐著一個年紀顯然比我還年長幾歲的大姊、或沒禮貌地稱為阿姨也可以。不過她始終低著頭，從剛剛大隊人群離開之後，就固定維持著這個姿勢。似乎拒絕與我們溝通。

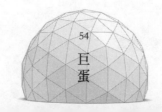

是吧，像我這樣正值壯年的男性，腿腳無礙、行動更沒有什麼缺陷，為什麼會跟這群老弱婦孺留在這裡，而沒有跟著大部分的倖存者去找路逃生呢？

這麼回想起來，我好像常常做這種猶豫不決的事情。不只是在那種日常小事的選擇困難，譬如說在便利店的冰櫃前不知道要選哪一種咖啡；或在手搖杯飲料店前不知道要點哪種飲料那樣的障礙。

只要脫逸於我能掌控、能預測的改變，尤其是那些關乎人生經歷、抉擇的大事，我就一定會選擇困難。而最後的結果就是什麼也不選，留在原地，一如往昔。

或更貼近的形容詞，「維持現狀」。我發誓我說這個詞的時候，絕對沒有任何政治意圖。

真的就是這樣沒錯，太多時刻我作出的選擇都是維持現狀。不說好也不拒絕，不前進也不後退。我不是精神科或心理學專業，不敢妄然判斷這是不是什麼亞斯伯格癥狀，但因為這樣的拒絕選擇，我錯失過許多創造自己時代與未來的機會。

不是有句格言說什麼，青年創造時代，時代考驗青年。但我連被考驗的機會都沒有，或者說自我放棄了。

●

「學長，我們班想要夜衝上陽明山，可是少一台機車，你想要跟我們一起去嗎？」

我想起那時候，那個大三的夏夜裡，當時明明才剛認識沒多久的明晴，就曾經這麼問過我。

我跟明晴、也就是我現在準備要告白的對象，早在讀大學時就認識了。當時我大三，替老師當教學助理（Teaching Assistant），TA班正是明晴那一屆。所以我們是典型學長與學妹的關係。

我們建築系每屆都將近百人，男生占大多數，分成甲、乙兩個班級個別授課。說真的若不是當TA的機會，我這種阿宅絕對沒有機會認識大一的學妹。

我現在回想也不只是自己宅，我們那一群宿舍男都超宅。我印象中那幾年「御宅族」或「宅男」這個負面的詞才剛剛流行，大多數男生還是會努力裝出「像個男生的樣子」，我指的是熱衷於社交與聯誼，報名系籃系排或系壘，參加系際比賽，再廢一點的至少像是合唱團競賽，迎新宿營還有每年一度的建築之夜等等。

但我印象中自己就是極其節能減碳，絲毫不浪費青春和里程數，不追加碳排放量的節能大學生，那些活動我和我們宿舍宅男們壓根也沒參加過。每天就是窩在宿舍，打剛剛發明沒幾年的連線遊戲，什麼世紀帝國魔獸爭霸那一類的。

就算當TA時，我也僅止於「知道有」明晴這個學妹而已。當時的她根本不認識我這個阿宅學長。我很確定。

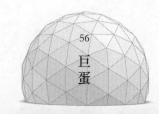

然而，我第一次帶TA課就注意到她了。她穿著水玉點點的背心，纖細的白皙臂膀，齊瀏海的妹妹頭顯得大眼睛圓亮發著光。大半個學期過去，我終究沒有跟明晴說到話。

非常意外的，明晴第一次跟我講話，是在我們建築系每年一度的「搭橋競賽」。照說節能的我不該去參賽，但我還記得那是「建築力學」課程的教授提議的。如果參加競賽，可以免除期末報告，學期成績直接以九十分計算。

很不幸的我除了是阿宅之外，在學習表現上也是學渣等級的。「建築力學」的期中考又因為裸考而拿到一個距離及格非常遠的成績，被學校發出了「期中預警」——簡單來說就是若我沒去報名參加競賽，就注定明年跟學弟妹一起重修了。

話說「搭橋競賽」這個活動，據說這是台灣幾個有建築系的大專院校，多年來傳承的優秀傳統。比賽規則也很簡單，就是參加的組別以硬紙板作為材料搭成橋梁，接著進行載重的競賽。想當然，即便再怎麼堅固的鋼筋橋梁，都有承重極限，所以在同等重量覆載之下，最後都還沒有塌陷的橋，就是比賽的優勝。

在舉行競賽的前一晚，我恰巧在宿舍的雜誌區，看到一篇什麼最佳設計獎得主的報導。介紹一種「R角」、也就是非直角的弧面造型的設計方式。

原本我們這組就打算建造拱橋，而隔天我當場向其他組員建議，嘗試將紙板以R角的形式展現。一方面沒有直角那種銳利與壓迫感，另外一方面也可以增加力矩，替拱橋提供足夠的支撐力道。

結果證明我這個天外飛來一筆的致敬，讓我們這組在「搭橋競賽」中得到優勝。

事實上，即便這樣的競賽看似很強調計算與科學，但背後卻充滿運氣的成分。而且與重物第一時間負載的位置也有很密切的關連。有時候重物放的位置正巧就碰到了易壞點，有時候橋並不是從中央、反而是從看似穩固的側柱開始折斷。只能說一切都是運氣，是宿命。

「學長你們好，我們是剛剛第二名的那組。真的好可惜喔，只差你們五百公克而已。」當同樣參賽的大一學弟妹那組，過來跟我們這組打招呼時，我再次注意到穿著牛仔短褲，挑染過的妹妹頭瀏海，還有眨巴眨巴閃爍著大眼睛的明晴。

「對了，德宇學長，謝謝你平常在TA課的指導，明年請你跟我們這組一起參賽吧。」沒想到明晴記得我的名字，被心目中的女神記得是這種感覺嗎？我好興奮啊。但我趕快提醒自己鎮定下來，原本我第一時間就想要點頭答應了，但似乎選擇困難又發作了，就這麼愚騃地，痴痴隅望著眨著大眼睛的明晴。

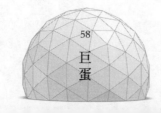

當時的我或許在想，竟然有這麼樣活力充沛、水靈水亮的女孩啊。簡直就像她的名字似的，在明亮的晴空裡，一絲雲朵也無。晴光燄燄，金陽燦爛。

後來，後來的我到底怎麼了，為什麼又會猶豫不決呢？只不過是夜衝上山看夜景罷了。或許是怕自己機車駕駛技術不夠純熟，害明晴摔車受傷嗎？又或者是夜衝時會不會講出一些阿宅的蠢話，表現太差扣分甚至從此出局呢？

如果當晚想更進一步，結果被打槍了，這學期繼續帶TA課再遇到她會不會很尷尬？明年若競賽時再遇到她會不會很歹勢？

總之當時處於選擇障礙的我，並沒想到過故事硬幣的另一面，另一個平行時空的可能性。說不定在另個時空裡，看過夜景的我倆一時痴迷茫然，可能機車雙載、送明晴回到女宿，她會以渾圓大眼睛回望我，會與她的肩膀，手肘和柔軟的身體觸碰。

也許，本來，可能，也可能。可能我現在就不用在這邊「可能」、「可能」了。

真的很幹，現在的我很想罵髒話，罵那個當時的自己。到底是在猶豫什麼鬼啊？怎麼一開始會沒想到去和梁靜茹借勇氣呢？

如果這是我人生中最大悔恨之一；那麼最大的悔恨之二，大概就是畢業那年，當那堂「建築力學」課的教授問我要不要當他的指導生、免試直升博士班的時候，我遲遲沒有給老師明確的答覆吧。

我記得那時，聽聞學長說建築系畢業只要提早考取證照，工作不算太難找。雖然那個教授課頗硬不好修，但他人滿 nice 的，對學生慈祥和藹有同理心，最重要的是不會扣留壓榨學生，不會用論文掛名來威脅不放學生畢業。

但我當時猶豫的點在於讀了博士班真的對工作有幫助嗎？我要從事學術研究嗎？或要考土木技師的國家考試嗎？錄取率 OK 嗎？我考得上嗎？至於從事研究的話教職會好找嗎？工作穩定嗎？研究與業績壓力不會太大嗎？

還在猶豫的時期，聽說另一個隔壁班的應屆畢業生，已經先申請當了那個教授的指導生。於是那一年由他代表推甄系上那個直升博士班的名額。

我並不是沒有選項以供選擇，而是太多時候，當我還在猶豫，還在迷濛雲霧的險途摸索的時候，人生的轉折自動替我作了選擇。

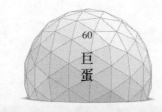

但說真的，從現在來看、從遠的地方看。這樣的結果也沒有什麼不好。所謂人生的那些選擇，也只是看起來的模樣。就像紙盒裡剩下來的、最後一顆和倒數第二顆章魚丸子。選擇哪一顆，結果其實也未必會不一樣。

就像那個多年前差點有機會告白、就從此擦身錯過的學妹。但這一次呢？我能平安離開這裡，將襯衫口袋裡的告白戒指，順利交給多年後重逢的明晴嗎？

●

我們現在待的這間作為「安全屋」的會議室，位於整個「巨蛋」的地下二層，由於整個巨蛋呈現橢圓形，且主建物埋在地底，剛剛我們從安全梯爬上來的A、B區域，也就是停車場的正下方，目前還沒有聞到刺鼻的濃煙味，當然也還沒有察覺到任何火勢或火光。

我在想很可能火勢已經得到初步控制，或是強制排煙裝置以及防煙閘門發揮了功能。但就我印象中對建築物的了解，也不會太樂觀。目前會議室的照明和抽風空調，都已經在吃內部的緊急電力，而大部分的照明都被切滅，只剩下顯示「Exit」的逃生螢光綠燈，在黑暗中猶如螢火蟲的燐光般明顯。

但畢竟是臨時緊急的電源供應，實在稱不上穩定。就在我們進入「安全屋」的幾十分鐘內，它就跳停又重啟了四到五次。

雖然我沒有機會看到「巨蛋」的施工設計圖或平面圖，但就正常結構與配置來說，配置弱電的總機房應該在最底層，也就是地下四樓。而這樣的大型建物，應該每一層都有配電轉運的機房，以及手動控制消防安檢設備的「中控室」。

再加上大量管線，配電線之類的，照說每隔幾個房間，就會設有用來維修的電箱或維修通道。

大約十分鐘前，我已經在會議室的後方，講師休息室的房間裡，找到了這個區域維修電箱。雖然一片漆黑看不清楚，但通過維修管道，還是聞得到悶嗆刺鼻的濃煙味。

我猜想在地下三樓以下，火勢或許還在悶燒。

而且早在我們剛才進入「安全屋」之前，大夥就已經發現了，距離我們較近的、A區的安全梯，因為防煙閘門強制關閉，我們沒辦法從這邊過去。因此，剛剛頭戴著工地帽的安全主任，才會建議所有人跟著他，前往位於「C」區的逃生門。

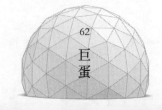

照他的說法，在地下二樓，我們所在的A、B、C三個區域可以相互連通，若能爬到地下一樓，則可以經兩個區域間的連通道，走到另外一側的D、E、F區域。且安全主任還說了，考量事發已經過了那麼長的時間，完全沒有看到任何消防救援的人員進入巨蛋，甚至連廣播、通訊系統都失靈，就表示火勢可能暫時還無法控制，且由地面進入巨蛋的通道，可能也都受到阻礙了。

雖然我還是很猶豫，剛剛是否應該就跟著大部分的難民離開這個安全屋，找到有可能逃生的出路。畢竟他們離開了二十分鐘都還沒有折返的跡象，表示他們那條路應該是走得通的。

怎麼辦？我是否又作了錯誤的選擇？是否就這麼虛擲人生的鮮嫩花朵，一次一次嘗試錯誤，踏入誤區，終於讓自己走到無由反悔的境地，就此腐爛枯萎。

不過說不定這樣也好。我想到自己今年買的唯一一本書，是本詩集，書名叫《我討厭我自己》。即便後來我根本沒翻開過，一首詩也沒讀。

在讀書的時期，我的數理科向來都比背科還要好，尤其國文、歷史，我壓根沒興趣。但這本書光是書名，我一看到就想買了。我真的比誰都還要真心地，超級討厭我自己。討厭現在這個一事無成的自己，除了工讀沒有能力維生的自己。

如果這一切能重來就好了。重新選擇。譬如那次搭橋競賽，那次陽明山夜衝，那次告白。當然還有，那枚早該送出的鑽戒。

再給我一次機會就好，再讓我擲一次硬幣。

如果隨著每次人生的選擇，都意外造就出一個平行時空，另外曾經有過卻不曾想到的選擇，就此委地癱縮，那麼真希望自己可以選對一次，一次就好。

●

坐在會議室前方的高中生和那個阿伯，差不多同時站了起來。那個剛剛暈倒的女生似乎還有些虛弱，隔壁那個皮膚健康黝黑、感覺很有活力的女生攙扶著她。

相對於她這般病嬌柔弱的設定，那個阿伯倒是顯得動作意外迅速，一點都不像外表看起來、六十幾歲的老頭。

阿伯和男學生向我的座位這邊揮了揮手。我不確定是向自己，還是向坐在我前面的那位阿姨。「變得越來越熱了，你沒有感覺到嗎？」阿伯顯然是在跟我講話。我的領口已經被汗漬浸濕。

「我們準備離開這邊。」老伯中氣充沛地說。他沒有特別用力或用嘶吼的。我卻聽得非常清楚。「怎麼樣？你們是要留在這裡，還是要跟著一起來？」

簡直像我小時候看過的武俠小說裡，那種內力深厚的高手，身法平凡無奇，動作老態龍鍾，但其實深藏一套絕妙的拳法或劍訣。這麼說我想起來，自己雖然國文從來沒考好過，但其實是挺喜歡讀小說的。比起討厭的自己，真正流暢好讀的故事，會讓人就此耽溺沉迷下去。

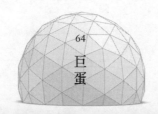

「等我一下，嘿，等一下，我跟你們一起走。」我吃力扶著牆站起來，坐在地上太久腳有些麻了。

自己雖然是個程度不怎麼好的建築系學生，畢業到現在也沒正式做過與建築業相關的工作，但就憑我也能作出判斷。確實，現在「安全屋」也已經快要不安全了。

因為火勢一直沒有得到控制，那麼底層的鋼筋若繼續承受高溫，就可能會銷鎔，這種熱侵金屬的鋼骨建材，熔點大約是攝氏七千度，一旦鋼骨結構開始銷鎔，整座「巨蛋」的結構就會出問題。

這個專業名詞好像叫、什麼「傳導」來著。我努力回想那些年的「建築力學」課堂和老教授慈祥的面容，腦海中一片空白。

最後我想到是那場搭橋競賽。學弟妹組的、看似堅固異常的厚紙板橋梁，在我們面前片片坍塌。

是吧，再怎麼堅固的建物，都有其極限所在，這叫做「易壞點」。阿伯說的對，我們現在非離開這裡不可，離開不再安全的「安全屋」、離開這顆即將毀壞的「巨蛋」。

6 災後五十分鐘——雅筑

自從剛剛的那位阿伯，加入我們三人小團體的話題之後，我沒來由產生了一股安心的感覺。我甚至回想起還不到幾小時前，我們人都還在表演廳，聽著舞台升降檯上的搖滾天團，奮力地引吭高歌，一切都安穩靜好，陽春煙花，每盞鹵素燈都還熠熠閃亮著。

這就是那個片語具象化的模樣吧？「The Last First Kiss」，最後的初吻。只是當那美好祥和的最後一刻，沒有人任何知道它就是最後了。

但阿伯帶給我的安心感，充其量也只是一種感覺吧。我也很清楚知道，有時候感覺本質上就是一種虛偽，是詐欺。太突然的意外，不能接受的悲劇等等……我們會說「真的假的啊」，然後否定它，將之當作是夢境。

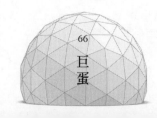

我想起上禮拜公民老師跟我們聊到佛洛依德。老師說二十世紀的精神分析學派認為，現實本身就是夢境，而夢是我們真正存在的樣貌。佛洛依德曾說過一個例子：一個父親為不幸夭折的嬰孩守靈，他作了噩夢，夢境裡他的孩子全身起火燃燒向他哭喊求救，接著父親從夢中驚醒，衝到靈床前，發現燭火燒到了嬰孩的屍身。

這個心理學的著名案例，日後被稱為「燃燒的嬰孩」（Burning Child），佛洛依德說這個夢境並不是潛意識，而是父親無法承受夢境裡的悲痛與驚恐，只好逃入他的現實世界。

燃燒的嬰孩，燃燒的人們，還有這座正在燃燒中的巨蛋。雖然無法也不可能接受，但到底哪一邊才是我的現實？

好吧現實就是——我們依舊困守在這間會議室，好像歷史課本寫過的，什麼死守四行倉庫的偉大壯舉。只剩幾盞微弱的緊急照明，以及階梯台指引安全的螢光綠燈。

在對外聯繫完全中斷的情況下，我真的不確定我們接下來該去哪裡。那一整排亮著綠光的指示燈，真的能帶我們到任何地方嗎？

●

我的背包裡發出嗡嗡的振動聲，我先看了手機，螢幕一片漆黑。這才發現聲響來自於那台我爸給的，掃描識別專用的平板。

我從背包裡將平板拿出來，先查看確認殘存電力，只剩下三十五趴左右。畢竟我們進入「巨蛋」已經超過四個小時了。我沒準備行動電源，也不確定家樺跟筑琪那邊有沒有。

螢幕左上角顯示有新郵件尚未讀取符號。果然這台平板沒辦法當成手機直接通話，但訊息可以發得進來，看不到任何顯示目前訊號強弱的標誌。只能推測平板並不是用基地台的無線網路，而是透過「巨蛋」內部的封閉迴路，或其他通訊渠道在進行傳送。

我想郵件的寄件人若不是「幸福集團」的集體群組信，就只有可能是老爸。但當我點開這封郵件時，發現就只有一個附件檔，沒有任何關於寄件人的資訊，也沒有其他的文字訊息。

點開附件，是一張很像地圖的彩色立體平面圖，可以從三維視角來旋轉並縮放。我隨手滑了滑這張分成A、B、C、D等幾個區域的地圖，大概看得出來是我們所在的「巨蛋」，但至於哪一棟樓對照為現實的哪裡，就真的很難分辨了。

如果用更形而上的意象來形容，大概就像現實和夢境那樣難以分辨。

在地圖上標示為A區的角落，有一個階梯符號，被標記了一個紅色的箭頭，上面的編號是「A2」。那個紅色的箭頭，隨著光影變化，微微地閃爍著醒目的光痕。

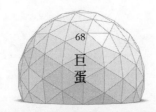

「欸那個、筑琪，我有一件事要告訴你們。」我依舊維持斜躺著的狀態，小小聲地跟筑琪說，接著將老爸給我的那台平板秀給她看。「這應該是我爸剛剛發送給我的郵件，其實、欸我不知道該怎麼說，就是我爸他公司跟『巨蛋』好像有一些關係，所以我在想，他會不會有什麼資訊可以提供給我們。」

「真的假的？趕快拿來我看一下。」筑琪接過了平板。「可是為什麼？手機應該已經沒訊號了才對。」

「我猜是建築物內部的封閉網路那一類的。」

剛剛加入我們話題的阿伯，持續跟本班學霸鄭家樺同學，討論著一些關於黑洞、奇異點、宏觀物體，甚至還有什麼微積分、相對論那一類的理化課論題。

「所以這是你爸剛剛傳給你的嗎？不會吧！難道都過了一個小時了，外面現在才知道『巨蛋』發生意外嗎？如果有內部通訊，他怎麼不直接打給來你？傳張地圖是有事嗎？」

「那個，噓，那是、我不想被其他人知道我爸在幸福集團上班……」

「喔喔喔我白目了。」筑琪作了一個敲自己頭的動作、壓低聲音說。「話說這個地圖跟剛剛牆上掛著的平面圖，好像有點不太一樣，應該說比例尺不太一樣嗎？等一下我研究一下，欸，有點看不懂耶。」筑琪將整個平板翻過來喬過去。我彷彿聽到陀螺儀旋轉的細微聲響。

「同學啊，方便讓我看看你拿著的這個平板嗎？伯伯我啊，以前因為工作的緣故，對地圖和平面圖這一類的還算是有點研究。」照說跟我們隔了幾步，原本沒在聽我們講話的阿伯，忽然看向我們這邊。

以老年人，不，甚至是以正常人來說，他的聽力好像有點異於常人。該不會受過什麼特殊訓練之類的吧？但都到現下這種時刻，我覺得也沒什麼好隱瞞的了。說不定阿伯退休以前是什麼國軍特種兵之類的。

「嗯，這台平板的網路還能運作，但只能接收不能發送，可見應當是透過ＳＮＡ（Systems Network Architecture）吧，不過現在跟你們解釋這個太複雜了，總之讓我來看看這張地圖。」

阿伯將平板接了過去，專注地看了幾分鐘。

「好，大致上了解狀況了，照你剛剛說的，你老爸所提供的這應該就是『真正的』立體地圖。那麼接下來應該就沒問題了。」阿伯對著我們三人說，口氣格外的確實篤定。

啊，就是這種安心感啊，說不上來，但就是沒有剛剛那麼恐慌了。我很想問阿伯所謂的

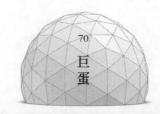

「沒問題」，指的是我們確定能順利脫困吧？

「如果我觀察沒錯的話，我們現在應該在這裡。」阿伯指著距離階梯符號底下七八公分的長方形空間。照阿伯的意思，我們只要從長方形，走到紅箭頭的位置，應該就可以獲救了。

只是當時我並無法想像——明明只不過七、八公分的距離，卻可能會讓我們繞了那麼遠的路，耗費了那麼多的時間。

「好了，那就事不宜遲吧。我想你們也都發現了，這間會議室裡的空調使用率正在逐漸降低中。我們必須移動。」阿伯輪流看著我們三個人，尤其是還維持半躺狀態的我，十分果決地說。

「我，我想我應該可以。」雖然要離開這間目前感覺仍然很安全的地方，讓我有點焦慮，但總覺得跟著老伯，求生機率就可以提高的感覺。就好像手術同意書上面醫囑註明的「存活率」。明明毫無根據，且機率這種事啊……想想看，醫生都喜歡說什麼死亡率是多少，但就算機率只有百分之五，輪到自己是那百分之五的時候，所謂的存活率又有什麼意義呢？

「那你那兩個朋友，覺得『移動』這個提議如何呢？」阿伯問我。筑琪好像還有些猶豫，但此時明確表達要跟著老伯一起走的人，竟然是平常臨事很少率先作決定的家樺。

「我覺得阿伯說的有道理，火災發生已經快一小時了，但我們還沒有等到任何救援。」家樺站起身。

「好，算達成共識了，我們走吧。」阿伯說了這句話之後，迅速地站起身。由於這個姿勢改變太流暢迅速，讓我感覺又有些頭暈了。

拜託，剛剛不是才說自己腿腳無力嗎？我忽然覺得有點好笑。這聽起來怎麼有點像那支什麼下肢循環不良的廣告啊。「我腳麻了怎麼走？」我想起廣告畫面裡，面對記者質疑「火燒厝怎麼還不逃走」的長者，那個荒誕到令人發噱的反問。

阿伯向會議室另外一端的人揮手，其中一位三十幾歲、感覺起來有些宅男氣質的大哥，另外一個看起來應該是四十好幾的阿姨。我提醒自己如果等等跟她說到話，千萬不要沒禮貌到劈頭就喊人家阿姨。

我決定暫且放心地將把平板主控權交給阿伯，一方面我真的看不懂，沒把握帶著大家離開「巨蛋」。二方面我也不確定這地圖是否就是爸爸傳來的，若是當然最好，但就算是老爸，也可能拿到不正確的地圖啊。

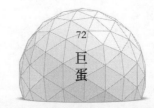

但確實像阿伯說的，整間會議室越來越悶熱了。我隱約聞到了濃煙悶嗆的氣味。我覺得「悶嗆」這個詞實在太精準，並不只是嗆鼻，濃煙進入身體，有一種毫無氧氣的悶澀感。好難受，根本有呼吸跟沒呼吸也沒兩樣。我在想離開地球的大氣表面，到了荒涼的外太空，月球或火星那一類，是否也就是這樣的感覺？

●

既然不能再拖下去，我們迅速排好隊伍。阿伯走在第一個，後面是宅男大哥和家樺。再後面是我跟筑琪。我不確定那個阿姨有沒有要跟著我們走，但她似乎默默也站了起身。

等等，這根本是電影《屍速列車》的場景和隊形吧？不知道這個隊伍能不能像傳說或電影——摩西出埃及、目蓮救母、與神同行勇闖地獄那樣，帶著我們脫離險境、逃出生天。

來到會議室的側門，由阿伯率先推開沉重鐵門，我本來以為走廊上會煙霧瀰漫，或紅色警報器鈴聲大作那樣，末世感場景。但門外走廊空蕩蕩、靜悄悄，甚至漆黑一片，只有微小的緊急逃生照明燈，煢煢發光。剛剛由工地帽主任帶隊，和我們相比人數眾多的隊伍，可能已經順利脫逃了，或者是困在某個不知道哪裡的通道，持續等待救援。

如果仔細去研究那一排緊急照明燈，也並不是每一盞都順利被點亮，大概兩盞照明就有一盞不亮那樣的高不良率。

不良率。又是機率問題。我忽然腦洞開啟，想像今晚的經歷史料，如果被寫成書面報告，編撰成一冊《1224巨蛋事件災後檢討調查報告》的時候，不知道會怎麼記載這件事。

但我隨即晃了晃頭，把這種荒謬的念頭趕出腦海。現實裡，沒有任何一份報告可以記載到那麼詳細的程度。

沒有任何一份市政府機密檔案資料庫的公文，記載到我們現在真實的情境。也沒有任何一份公文可以謄寫描繪出一個高中女生，因為災難驚慌失措，近乎崩潰的委屈神情。

總之，整座「巨蛋」，彷彿只剩我們幾個人而已。

在我們離開安全屋，往前繼續了大概幾十公尺之後，我忽然覺察到，剛剛還零星亮著的螢光照明燈，已經完全熄滅了。天啊，我們有可能等到救援到來的那時嗎？

於是在阿伯的指令下，在隊伍裡殿後的我跟筑琪用手機當作手電筒。如果只是用手電筒的話還不至於耗電太快，但若等等有機會可以與搜救人員通訊的話……總之我們勢必需要電力。此刻的電力宛若成了求生意志。絕對不能太快被消耗殆盡。

「你們兩個的手機電筒先關掉，省電。先用我的好了。我的手機電量很滿。」陌生的女聲，我這才發現剛剛在會議室最角落，那個長髮遮住大部分側臉的阿姨，就跟在我和筑琪的身後，拿出她的手機，替我們投射出白晃晃的手電筒功能。

結果，我還是沒禮貌地在心裡喊人家阿姨了。

「我叫淑真。」雖然感覺現在很不適合打招呼彼此相識自介，但阿姨還是這麼說了，雖然她主動自我介紹，但我還是覺得她有些冷漠。我也不知道該說什麼，筑琪大概也跟我一樣，我們只是微微點了頭，小小聲地說了「你好」。走在前面的家樺並沒有回過頭來，也沒有看淑真阿姨一眼。

跟我們幾個高中生比起來，阿姨好像鎮定得多，她給人的感覺有種經歷過人生風浪、世情轇轕的淡定。剛剛還以為她遮著臉是在哭或是顫抖，現在回想起來，恐怕不是這麼回事。

我在想淑真阿姨會不會也是「巨蛋」裡的相關工作人員，甚至是什麼高階主管那一類的，知道哪裡還有隱藏版的緊急逃生出口。

不，這也不合理。如果她知道避難通道，一開始就會離開會議室了吧，根本不用跟我們拖到現在這樣的危急存亡時刻，才不得已地離開。

「剛剛我們休息的那間會議室，我以前就曾經來過一次呢。」淑真阿姨用一種懷念的口吻說著。我甚至覺得她不是在跟我或筑琪說這件事，而是用某種悼念什麼的感傷口吻。

本來以為淑真阿姨接著會說出什麼關於那間會議室、或整個巨蛋的結構話題，但她似乎沒有進一步開口的意思。於是，我們一行六人組成的倖存者隊伍，就這麼開始往漆黑的「巨蛋」深處前進。我跟阿伯看過地圖，大概知道我們現在位於地下第二層，而前進的目標是要去找編號「Ａ２」的緊急逃生出口。但除此之外，我真的不知道前方會有什麼在等著我們。

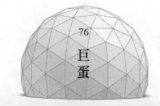

但我相信阿伯，相信家樺，當然也相信在我身旁、堅實地牽著我的手的筑琪。我們可是宇宙無敵感情友好的三人小團體。只要我相信這些，對現在也才十七歲的我來說就夠了。

我想起村上春樹《挪威的森林》裡，提到直子的十九歲生日，還有主角帶來祝賀、卻塌掉的草莓蛋糕。再過一個小時，等十二點鐘一到，我身旁的筑琪就十八歲了。她會一直比我提早過生日，比我老一點點，比我更快成年，比我更早長大。

因為現在的我還是十七歲。應該無憂的十七歲，應該遇到什麼都能繼續開心繼續笑鬧著的十七歲。就算前方毫無照明、漆黑一片，也絲毫無所畏懼的十七歲。

「一定要帶我們離開『巨蛋』喔。」我在心底小聲說，像對著生日蛋糕許的第三個願望那般。「因為我還沒跟你告白呢。」

第二章

乙太與奈米

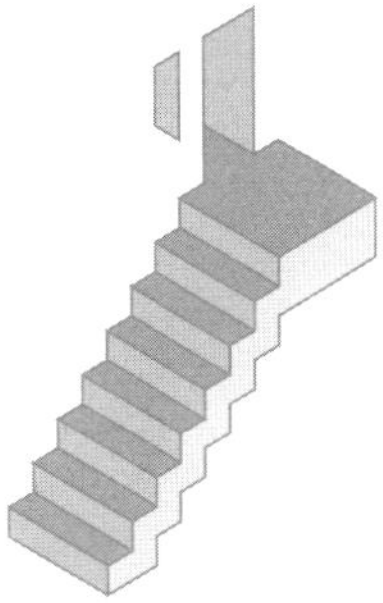

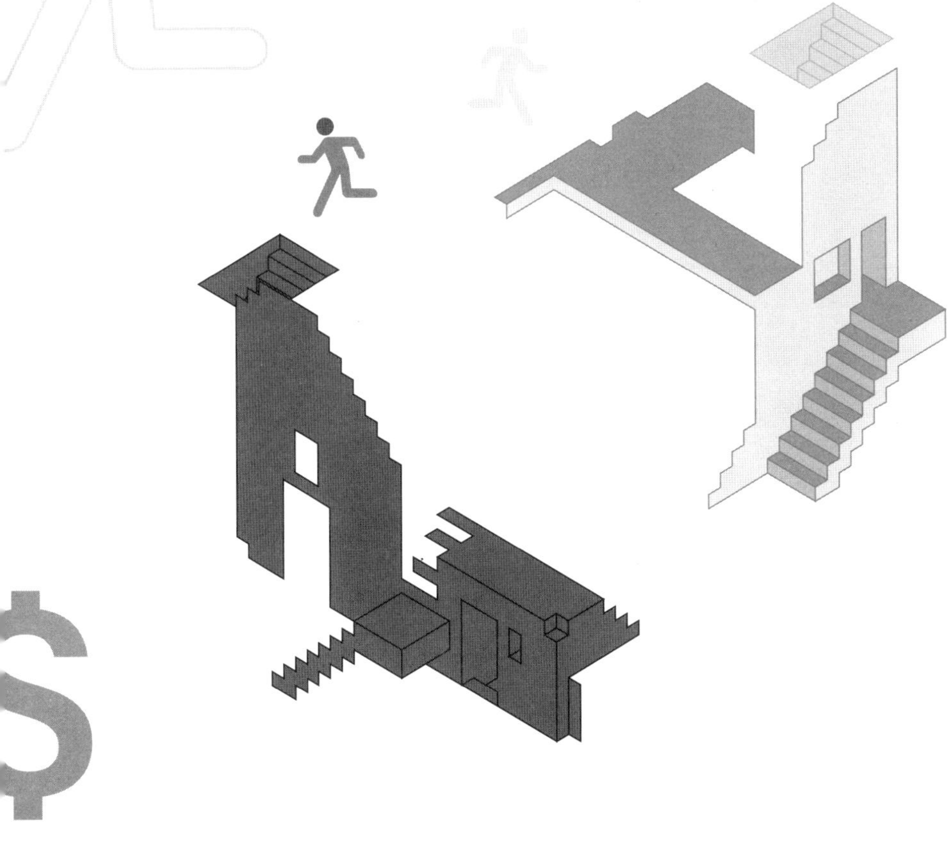

1 災後六十分鐘—市政府會議室

蔡副理就坐在馬蹄形會議桌的最靠門邊。按照餐桌禮儀與會議入座守則，這座位應該是最小的、或者說職位最低的與會者落座的位置。

不過都這種時刻了，還在想這些什麼禮儀規範，或什麼職級、年資、發言權限等等，似乎太不合時宜了吧？

不，也不能這麼說。蔡副理自己雖然沒有在公部門任職的經驗，但根據這些年來跟公家單位打交道的印象，公務員其實非常重視這些。

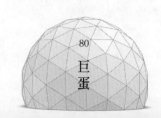

無論是提案、開標、簽約或協商、座談等等的流程，會議，越是緊急、危難、急迫的時刻，這種看起來毫無意義的規範、章程、法源等等，就顯得更為重要。副理在想這或許也就是T市市長總愛掛在嘴邊說的「SOP」，標準作業程序。

當一切都依循「程序」排程，按部就班，就不會出一些意想不到的紕漏，但也很難有什麼更前一步的進展。這或許就是「公務員」這樣維持國家運行狀態，獨特職位的存在意義，或者說生存法則吧。

而這些規則、法條、流程，最後就構築組織成了外人所謂的「公家機關」吧。

一入公門深似海。蔡副理忽然覺得自己這個時刻，默背起這些除了考試之外同樣毫無意義的詩文，也同樣不合時宜。

「報告市長，剛剛已經請媒體全部離開了。」就站在蔡副理身後的市政府職員一邊這麼對著會議室前方說，一邊將沉重厚實的會議室拉門給闔上。

由於時間點已經將近凌晨了，有些局處首長直接趕赴「巨蛋」現場外臨時搭建的「緊急應變與指揮中心」。但市長卻還在市政府召開會議，可見這場會議的與會人員，另外有更重要的任務要先處理好。

蔡副理目前名片上的頭銜是「幸久建設公司／專案副理」，而負責這個專案的總經理姓黃，黃總經理現在就坐在蔡副隔壁的座位。

即便是上司與屬下的關係，自從蔡副理掛了現在這個頭銜的一年多以來，印象中沒有和黃總見到幾次面。就連黃總的辦公室，蔡副理都搞不清楚在哪裡。

簡而言之，黃總就是總公司直屬的人員，是所謂的「國王人馬」，或說「親衛隊」

也可以，總之就是直接隸屬於小夫總裁。所謂的「幸久建設」這間公司也不過設立兩年，資本額中的九十九趴以上，全都來自於「幸福集團」母公司。

換言之，「幸久建設」不過是當初弊案爆發之後，幸福集團為了繼續承包「巨蛋」工程，而獨立設立的另外一家營造公司，蔡副理在接此專案之前，也並不是工程本業出身。但總之現在說這些，可能都屬於不合時宜的範疇。

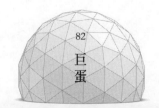

救災應該才是當務之急，即便如此，蔡副理也非常清楚，整間會議室裡真正將救災當成一回事的，可能只有他一個人。

●

「我們先不用急著罵人、究責、檢討，現在也還不到這個時刻，我先問三個問題：第一，這次『1224』預估死傷人數可能會達到多少？第二，目前探測或推估，還有可能救出多少倖存者？第三，目前幸福集團能不能拿出『最接近現況』的施工圖或平面圖，即刻提供給現場搜救人員？」當市長說到「最接近現況」這五個字時，顯然刻意加強了語氣。

若要把 T 市政府將「巨蛋」這個重要的指標性工程，委託給幸福集團營造，這個故事整整說一輪，說不定要耗費十幾萬字。可能得從政府機關發標供應契約、從ＢＯＴ（Build–Operate–Transfer）、從民間企業投資興建法，再到後來市政府與幸福集團的合約紛爭，媒體爆料的弊案等等，都得一一說明與梳理。

如果要求更精準一點，在檔案附件裡放上兩造的說法，當初的簽訂合約與備忘錄，每次的進度與協商會議的紀錄，聽證會的摘要等等，那大概就是公家機關經常製造出來的、厚厚一疊卻幾乎沒有被翻閱的政府出版品。

如果要更簡單一點只說大概——幸福集團承包「巨蛋」的興建標案之後，並沒有完全按照合約的規範進行。大約在兩年前，遭到媒體爆料，而被稱之以「巨蛋弊案」。

這其中到底有沒有所謂的弊案，蔡副理真的搞不清楚，他對公司的信譽並沒有任何懷疑，但媒體的繪聲繪影，鄉民酸民的爆料問卦，也讓他有些動搖。且八卦板爆出的、承包安檢的機電公司員工發生意外，確實也頗有可疑之處。

對當時的蔡副理來說，這也不是「反正我是信了」那麼簡單的信念而已。反正他做他的工作、盡自己的職責，如此而已。

總之差不多兩年前，就在媒體與網路鄉民窮追猛打幾個星期之後，市政府與幸福集團達成了新共識。市政府以天價的違約金作為牽制，讓幸福集團作出保證，將對施工圖進行全面修改，也絕對會確保工程品質與公共安全。

但就在「巨蛋」終於完工，即將正式開幕的前一天，聖誕夜平安夜，還是發生了這樣的重大公安意外。

且荒謬的是，事發到現在已經一個小時了，目前竟然沒有任何一組消防隊、沒有任何一個救難人員，順利進入「巨蛋」的內部。

●

「報告市長，我們幸福集團這邊，第一時間就提供了『巨蛋』沉降區域的樓層圖，以及六大區域的平面圖、設計圖以及原始藍圖給警局、消防局和應變指揮中心了。」黃總說完話，推了一下他戴著的那副、在這個年代已經很少見的銀框眼鏡。

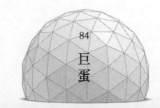

蔡副理對黃總這號人物的認識，僅止於一些同事間的傳言，說他深受小夫總裁器重，副理不確定黃總的年齡，但估計與自己年齡相近。只是相較於自己逐漸發福變形的身材，黃總始終保持著宛如年輕人般的頎長身形，加上他那副十足菁英模樣的銀框眼鏡，簡直就像日劇或日漫裡那種油腔滑調的反派角色。

即便事發沒多久，蔡副理就收到黃總的指示，本次事件由黃總來代表集團對外發言，但蔡副理還是覺得有點不可置信。在這樣的重要時刻，在這個對於公司信譽與未來而言，可說是危急存亡之秋的關鍵時刻，最重要的這號人物，竟然遲遲沒現身、出來面對？

「這號人物」，蔡副理指的是那個外表看似「小夫」、同時也被鄉民以「小夫」戲稱的幸福集團總裁。

「我代表警消這部分跟市長做一個報告。目前已經有一百多位消防救難人員抵達現場。除了整合東區、西南區與西區等三個區的警義消協力搶救之外，三個區的分局長目前人都在現場進行調度與指揮。」市警局的代表，不確定是局長或副局長的長官接著發言。

「所以說，現在各單位都在現場待命了，好，只是容我請問一下，為什麼到現在還沒有任何一個救難人員進到內部？」市長用有些戲劇性的表演方式，環顧了整間長方型的會議室。

「請市長以及各位同仁看一下投影幕，我們東南區分局剛剛抵達『巨蛋』地上一樓的E區緊急逃生入口處，編號是『E3』。這邊是施工圖標記的所在位置，然而這是現場的畫面直播。」原本坐在蔡副理隔壁的隔壁座位，穿著螢光黃色背心的另外一位先生，走到會議室前方、投影機光幕投射的聚焦。

在直播畫面中，能見度所及的範圍，盡是煙硝、火光與濃霧，由於「巨蛋」的地上層主要作為停車場，以及生態景觀公園、青年文創基地，原本還預留了一部分空間，規劃是日後作為露天市集之用，所以真正與「巨蛋」連通的出口，都集中在ABCDEF六大區域之內。

如果是停車場，也有可能是因為火勢延燒造成停放的車輛發生爆炸。不對，不太合理。一開始據報是從底層、也就是地下三或四樓開始起火，為什麼停車樓層會那麼快遭到波及？

唯一可能就是這是一場蓄意的縱火與攻擊行動。而且犯案者不只一人。

從畫面中可以研判——地面的火勢已經初步降溫、延燒面積也已經受到控制了。消防隊員也提到，這樣快速延燒的火勢，只有可能是汽油造成的快速點燃，這與蔡副理推測的不謀而合。

但既然火勢已經受到控制，應該可以進入「巨蛋」內部進行滅火和搜救的行動了。為什麼消防隊目前止步於緊急逃生出口呢？這是怎麼一回事？

「我們的隊員在十分鐘之前，已經使用油壓設備，破壞了E3的緊急逃生出口。

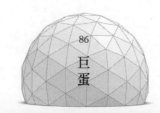

但，如各位所見，這是一間封閉的儲藏室空間，與施工設計圖並不一樣。」
「意思是說？」有不知道是哪個單位的市府人員發問。
「E3的緊急逃生口內部，根本就沒有通往地下層的樓梯。」
什麼，這是怎麼回事？蔡副理幾乎不敢相信自己聽到的。
當初與「幸久建設」重新簽約時，就談好一切都按照合約履行，每次隨著工程進度進行的消防安檢也符合法規，竟然如此夢幻、虛構，結構脆弱到不堪一擊。
這簡直就像一顆真正的雞蛋，透著光仔細檢視，會發現蛋殼上布滿斑駁的細紋。
但市長這邊顯然已經掌握到相關的情資。蔡副理還記得當年市長參選時主打的口號是政治素人，當選之初大夥還揣想，他可能會淪為亂入政治叢林的小白兔。
看來當年的小白兔成了雪地裡隱藏足跡等候獵物的狐狸了。這場臨時會議恐怕也只是一場秀。市長裝模作樣召集相關人士來開這個會議，其實同時早就掌握到幸福集團的底牌了吧？
「也就是說，按照幸福集團現在提供給我們市政府的藍圖，在『巨蛋』四個方位一共標記二十個以上的緊急逃生出口，而由於地上一樓的火勢尚未完全控制，我們目前無法達到A、B區域的電梯井的位置，只能從較安全的E區或F區進入『巨蛋』，所以我們沒有多餘的時間一一去確認，哪一個才是『真正的』出入口。」東區的消防局長，以簡潔俐落卻又嚴肅的口吻報告完了。

這話已經不只是指桑罵槐了，完全就在指控「幸福集團」變更了設計圖。

「報告市長，這一定是有什麼地方搞錯了。就在去年由外聘團隊公布的消防安檢報告書裡面提到……」黃總才剛按下麥克風鍵，準備開始發言，就被市長氣勢洶洶地打斷。

「我說你們這群王八蛋，現在還在拿假的施工平面圖，在跟我說那些什麼屁話？」市長面前的無線麥克風機檯，發出尖銳刺耳的干擾噪音，雖然蔡副理覺得這一切彷彿都有既視感，卻只能面無表情地、望向會議室的每一張臉孔。

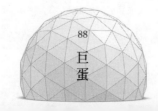

「報告，本科針對剛剛市長提出的三個問題進行回答。1.傷亡人數目前還在統計，但根據附近幾間醫院與急診室的回報，死傷人數可能會超過五百人。2.若根據出入口的監視器畫面來推估，目前仍受困於『巨蛋』的民眾，估計約在五、六十人左右。只是根據生命探測儀器調查的位置，他們的所在地並非完全集中。」沒有穿西裝外套、只將襯衫紮進西裝褲的男士、站起身來說話。

蔡副理對現在正在報告、年紀約三十七、八歲的市府員工，有著挺深刻的印象。他隸屬於市政府都發局，是第二科亦即負責整個巨蛋招標興建的「都市營建科」的羅科長，蔡副理與他有些業務重疊，羅科長算是他的「對接窗口」。

「對接」也是另外一個公家單位喜歡用的詞彙。但蔡副理每每提到這個詞彙的一瞬間，腦海中總會浮現太空梭與太空站接合的那種電腦合成浮誇場景。

「我們現在正在請日本在台協會以及ＡＩＴ，申請調度美軍與自衛隊規格的生命探測儀器，預計再幾分鐘可以設定完成，投入現場搜救工作，屆時我們就可以更清楚掌握目前生還者的位置以及確定人數。」

「只不過、我還是建議各位長官，要作好心理準備。」羅科長露出沉痛的表情。

「傷亡超過五百人。也就是說比之前那次塵爆的事件還要更嚴重……」市長隔壁，一個童山濯濯前額完全謝頂的男人，低聲碎碎念著。他或許是某個幕僚層級，蔡副理沒印象看過這個禿頭男，一方面副理自己接任巨蛋專案時間算不上太長，另一方面除非是他對接的窗口，否則蔡副理只會看到一枚又一枚，由斑駁紅圈標記起來的職名圖章吧。

「那小羅你就先出去跟外面媒體說，大約二十分鐘之後，我們市府團隊將在『巨蛋』前面的臨時指揮中心開記者會。請一級單位的局處長，目前人還在國內的隨時待命，我現在立刻前往搜救現場。」市長再次環顧會議室的每個人。掃到他們幾個時，蔡副理覺得市長的目光特別嚴峻。

「至於你們公司，『貴司』，我最後通牒，給你們十分鐘。我知道你們幾個不能作決定，最好趕快聯絡『那位先生』過來處理。」市長最後的視線停留在黃總的身上，他指的當然就是小夫總裁。

蔡副理幾乎坐不住了，他急著想離開會議室。他已經擔任「巨蛋」的專案副理快要兩年了，但一切都還是被蒙在鼓裡。當時可以推說自己本來就不是營造出身的工程人員，但施工圖內容有如此大的差異與變更，自己竟然渾然未覺，這絕對是嚴重失職。

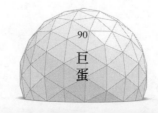

失職，對啊，蔡副理隨即轉念，或許自己調任當這個專案副理，是早就安排好了。或者說自己的失職也是本來就安排好的。這兩年的空殼頭銜，就是為了這一刻，當「巨蛋」出包之時將究責黑鍋完全背到自己身上。

不過就算真的如此，蔡副理現在也管不了這些了。最重要的可是雅筑才對啊。

蔡副理的女兒蔡雅筑，目前此刻，人就受困於於「巨蛋」之中，而且雅筑之所以會在巨蛋開幕前夕，就拿到演唱會的公關票，完全是他這個老爸的責任。

蔡副理微微低下頭，望向自己那台可以作為進入巨蛋識別證的平板電腦。會議室裡無論是集團員工，警消負責人，或市政府的官員，每個人都滑著手機進行通訊。副理不確定他們真正擔心焦慮的是什麼？是市民安危？是政治責任？是媒體應對？或許也包括頭頂那盞烏紗帽。

但副理是真正的受災者家屬。「受害者」，他一方面想到這個詞彙，一方面又不太確定自己能否踩在這個受害者的位置。

「對了。還有這個。」蔡副理再次看著自己手中的這台平板電腦。

臨行前，雅筑不僅拿到樂團彩排演唱的通行證，自己也把另外一台出入管制區的平板電腦交給了她。

「巨蛋」基於中央控制的安全考量，內建有封閉網路系統，也就是所謂的「SNA」。因此，就算3G與4G的手機和電信基地台因災難而斷線，平板應該仍能透過藍芽串流與內部的閉路網路進行運作。

●

在黃總離開會議室的幾分鐘之內，似乎已經和小夫總裁聯絡上，並達成一定程度共識。若是自己，大概一整晚也沒辦法順利和小夫傳上一句訊息。

蔡副理完全無以揣想兩人談了什麼。對於設計圖與施工空間的變更，恐怕正是小夫授意的，但黃總對整體工程變更的狀況了解到什麼程度呢？至少是比自己更清楚吧。他媽的，搞了老半天，只有自己被蒙在鼓裡。

下一分鐘，一張蔡副理之前沒看過的施工設計圖，投放在會議室的投影幕上。就在消防局下載完成的同時，蔡副理從內部雲端資料中，將這個圖檔下載好，並在平板上標記了幾個特殊的、譬如箭頭符號，悄悄將圖檔傳輸出去。

傳輸的對象當然是目前在雅筑手上的那台平板。

表示「傳輸中」的圓圈符號空轉了大約幾分鐘，本來以為是會議室的無線網路被屏蔽了，但下一秒，螢幕中央終於跳出「傳輸完成」四個字。

蔡副理稍微鬆了一口氣。無論雅筑和地圖上哪一組生還者在一起，她應該都可以循著這張地圖，找到安全逃生出口。當然，前提是目前的雅筑沒有受傷、還能行動，而且還必須仰賴巨蛋內部的SNA確實還可以運作。

當然，蔡副理並不確定雅筑憑藉自己，是否看得懂這張變更過後，三維立體設計圖，並且能順利找到自己目前身在「巨蛋」的哪個位置。不然，至少保佑她身旁有足以辨識地圖的大人，有用有能力的大人。

「至少不是像我這樣，連背了黑鍋都沒發現的無能大人。」這句話蔡副理不確定是在心裡講，還是已經默念了出來。

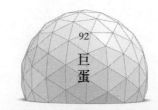

2 災後七十分鐘——老貓

「你們有沒有聽到什麼聲音？」黑暗中，走在後面、那個叫雅筑的女高中生忽然問。整個黯淡空間裡只有她說這句話的聲音，像漆黑池塘隨著波紋漫盪開無止盡漣漪。

我完全沒聽見。據說是英國或哪國的學術研究——青少年可以聽見不同波段頻率的聲波。但我覺得這種時候，在這座宛如死城的大蛋殼，若有什麼聲響，大概是在半小時前離開的那群生還者吧。

他們當然也有可能獲救，但我揣想那機率微乎其微。「巨蛋」的施工藍圖經歷過好幾次變動，現在身處巨蛋的人，幾乎不可能掌握實際的地圖。

那張掛在走廊，顯示緊急逃生路線的示意圖，想當然只是掛好看的，或說掛給消防安檢專用的。二十幾處逃生出口，六個區域還分別有好幾個樓梯和電梯井。「梅園」那邊前幾天傳送過來給我的，聽他們說可能也不是最新版的地圖。我猜就算是總工程師，一時間也無法斷定，這幢建築物是否按照他的構想建築而成吧？

大概是幸福集團一方面將恐怖攻擊的通知送交給國安局，另外一方面也不願意提供真正的施工圖。不過誰也想不到攻擊提早了一天吧。

就像這世界上太多的事似的，忽然發生，忽然結束，一點跡象都沒有。我想起當年就此沉入深海，從此再也不見天日的海底古國亞特蘭提斯。那些複雜的街衢，熙攘的鬧市，從此封印在無光的漆黑深海。

那當然是隱喻。一座文明就此隕落。但除了是隱喻，會不會也是我們這個現世的預言？

●

但還好有這個女高中生。從她剛剛秀出來的、剛剛才下載的施工設計圖來看，我大概猜到發生什麼事。

如果這個叫雅筑的小女生，他老爸是一個普通奸商——我指的是別人的兒子死不完，自家寶貝千金當公主富養、稍微吃點苦都忍不得的那種，那他剛剛傳來的這張地圖，應該最接近「巨蛋」目前的完工狀態。

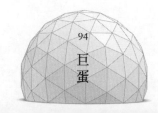

除非他老爸連自己女兒的性命都不顧。我只能祈禱雅筑的老爸不是這樣的父親。

在舉目漆黑、只憑手機微光的狀態下前進，其實沒那麼容易。此外還得小心避開滿地凌亂的雜貨、垃圾、碎玻璃，還有倉皇逃生遊客散落的物品。雖然我們六個人並沒有傷患，但我們往前推進的速度仍然稍嫌緩慢。

看起來像理科阿宅的年輕男生，走在隊伍的第二位，而高中生排在第三，我配合著他們的行走速率，走在男三人組的第一個。

即便有受過黑夜中的動態視力訓練，但我現在可還得是一個真正步履蹣珊、行動遲緩的老頭。

就在距離藍圖上標號為「Ａ２」的逃生出口，估計還有十幾公尺的距離時，我和其他生還者都清楚聽到了警鈴聲。

「現在發生火警，請遊客馬上前往最近的逃生出口離開。」

「現在發生火警，請遊客馬上前往最近的逃生出口離開。」

重複的鈴聲加上一個冰冷、粗糙，非常不像真人的機械女聲，不停地複誦這句話。

在這一瞬，我忽然覺得這款逃生遊戲設計得很荒謬。距離火災都已經是一個多小時前的事情了，鈴聲竟然現在才響起。不知道這聲音還要持續多久，有些令人煩躁。

「現在發生火警，防煙閘門即將關閉。」

我回過頭看後面的女生三人組，光線黯淡，幾乎看不清楚她們的身影。她們似乎脫離隊伍有一段距離。雖然四周漆黑，但感覺神經傳輸速度比視覺還快。上方的防煙閘門正在緩緩降下。

不行，得趕快叫她們跟上，不然我們的隊伍可能會被這道用來防堵濃煙、厚達五十公分的鋼門給隔絕。更嚴重的是，唯一可信的設計圖現在還在雅筑的手上。

「你們動作快，用衝的！」我大聲呼喊她們三個女生。以老頭來說，這種突然其來、飽脹灌滿的充沛中氣，實在不太合理。

兩個高中女生在黑暗中跑了起來，但只有幾步，那個雅筑似乎被絆了幾下，她身旁那個健康膚色、運動神經應該很優異的女生。迅速地將她給攙扶了起來。

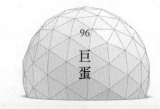

但還是來不及，防煙閘門遠比他們奔跑而來的速度更快落下。就在她倆接近門邊的時刻，閘門完全密合了。我隱約聽到其中之一的女生，驚呼了一聲。但那殘餘的聲量瞬間就被抽空了，像從地心深處敲鑿了一個洞。最後將這邊的世界還殘存的希望、愛或夢想全部給抽成真空。

希望她們不要因此而受傷。為了這種無良企業集團，為了這種黑心商人。我們真的不能再承受更多的犧牲了。尤其是那種青春正盛、如花朵盛開的時光。葬送在這座不透光、不見天日的厚重蛋殼之中。

「這是怎麼回事？為什麼門會突然關上？」宅男跑到門前敲擊著。好像在問我，但好像又不是。這動作基本上是好萊塢電影受困或被分離後的標準款，但其實大家心裡都知道，這樣做一點用也沒有。而高中男生則一臉痴呆，看這一幕看傻了似，就這麼騃獃地站在一旁。

「火災剛發生的時候，還有後來濃煙瀰漫的時候，閘門都還沒有被啟動啊？現在是什麼狀況啊？其他層我是不清楚，但至少這一層目前沒有濃煙啊。」

「『他們』恐怕不是為了救援我們。」我冷冷望向那個傻楞楞的理科宅男。他剛剛好像說，自己名字叫「德語」？或是「得宇」？我不確定這兩個字怎麼寫。我只是在想當面臨這樣的危機時刻，無論會講英語或是德語，恐怕一點屁用都派不上。

「阿伯，你的意思是說？」高中男生在微弱的光線中，站到了我和德宇的身旁。現在處於沒有地圖的狀況下，我們必須自行尋路求生了。但若雅筑的設計圖是真的，至少知道「A2」這個逃生出口，可以讓我們離開地下二樓，通往「巨蛋」的上一層。

「我只是說我觀察啦。你們不用那麼緊張。」我還是希望這兩個年輕人能放輕鬆一些。雖然以目前的情勢發展，因果已經很明顯了。

剛剛防煙閘門的關閉，恐怕不是電腦儀控出了問題。而是經過人為的手動控制。目的很明確。不過是誰？我揣想對方希望我們這幾個人之中，沒有人能離開「巨蛋」。

或者應該說，不希望我們之中的誰，以生還者的狀態，活著、清醒著離開「巨蛋」，然後將「巨蛋」裡面發生的事，一五一十地告訴外面的市民。

不能讓他們得逞啊。我告訴自己。這幾十年在「梅園」的訓練我可不是混過來的。這個時候如果認輸，那我這幾十年不是白幹了？

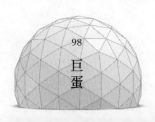

3 災後八十分鐘——雅筑

「慘了，雅筑。那個……我好像受傷了，怎麼辦？」在黑暗中，筑琪發出小小聲的驚呼。我差點以為她的腳被鐵閘門壓到，然後接下來會發生那種像B級恐怖電影的情節——後面熊熊烈火延燒過來，但筑琪因為受困，所以我們不得不作出抉擇，將她腿砍斷、或用牙齒咬斷……那一類的情節。

這時會不會跑出電影《奪魂鋸》裡的那隻特殊造型玩偶，接著從天空中拋下來一把恐怖線鋸，要我們選擇是否得把腿鋸斷之類的虐殺電影情節吧。

我趕緊用平板螢幕的光去照，好險，剛剛的情節是我幻想的。筑琪的腳看不出來有外傷或流血，應該只是扭傷。後面也一片平靜，沒有看到任何類似火勢蔓延的跡象。什麼斷尾求生這種事，發生在現實生活，應該沒人做得到吧。

但就算只是扭傷，我們的行動也還是會被拖慢。都是後面那個叫淑真的阿姨害的。

說好替我們照明，卻自己孤零零落隊，落到了離我們很遠的後面。但想想我也有錯，要不是自己被地上散落的商品絆倒，我們一定可以度過閘門和其他男生會合。

我們的隊伍現在確定被分散了。我們三個女生在這一邊，他們三個男生在防煙閘門的另外一側。重點是家樺也在對面。這道鐵門少說也有五六十公分那麼厚吧，憑我們是絕對沒法在這一邊將之以外力開啟的。

天哪。我開始慌張起來。該不會有生之年（也許就只到今晚結束之前），我再也沒機會再見家樺一面了？

「我自己先來黏一下貼布，雅筑拜託你幫我照明和固定。」筑琪從背包裡拿出粉藍色，那種、我不確定要怎麼稱呼的東西。上次去球場看校際排球比賽時，正在場邊熱身準備上場前的筑琪，大小腿的肌肉就貼著這樣的彈性繃帶。

他們好像把這個叫「貼紮」還什麼「肌內效」之類的，總之對沒在運動的我來說，這是我完全不懂的原理。

「等等就可以走了，雖然還是會有點痛，但跟上次比賽脫臼的痛比起來不算什麼。」筑琪邊用嘴撕咬著貼布，邊這麼說著。我幫她壓住貼布的前緣。

「雖然家樺有他自己獨創的肌內貼紮法，但我覺得照一般這樣纏繞式就可以了。」

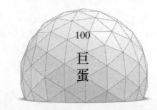

等等，筑琪剛剛提到了家樺嗎？我知道家樺也是系上男排的隊員，但不知道男排和女排會一起練習、密切互動，甚至一起替對方黏上貼布。

我看著筑琪把牛仔褲捲起，將運動繃帶從腳踝慢慢纏裹到膝蓋前端，這種貼布應該有某種支撐與防護的功能吧。我怔怔望著她雖然比我膚色深、卻健康的小麥色的小腿，肌肉線條分明，而且還有點性感，等等，家樺也是這樣扶著她的腿、這樣替筑琪貼上一層又一層的繃帶嗎？

「我願意一層一層一層一層地剝開我的心。」明明手機快沒電了，我耳邊卻隱約響起某首很不合時宜的流行歌。貌似胸口深處有一股粉紅色熱帶氣旋般的泡沫，不斷地膨脹、在被擠壓，幾乎快要被塞破被撐爆。

這難道就是傳說中的、吃醋和嫉妒的感覺嗎？

「那個，你名字叫雅筑對吧。你剛剛說你爸在幸福集團那個垃圾公司上班，沒錯吧？」後面的淑真阿姨，不，淑真姊在漆黑的走廊裡忽然對著我說話，而且一改剛剛的語氣，變得滿不客氣的。是啦，就算現在「巨蛋」發生了意外，然後消防設施又那麼失能，確實與幸福集團有關，但又不是我或我爸的錯，也不用這樣怒氣洶洶的吧。

但我不敢多說什麼，總覺得這位阿姨挾帶著一股很強烈的氣場和怨念，好像黑洞會讓周遭的星體與光亮都被纏繞其中，在事件視界之內，連絲毫光線都折射不出去。

「對，對。嗯，所以我們拿到公關票還有通行用的平板電腦。」我話還沒說完，淑真阿姨就將平板給半搶了過去。

「來，讓我看看。」淑真阿姨這句話好像某公部門做的宣傳廣告，後來被網路鄉民惡搞成「杰哥不要」的台詞嘛。

「你們倆應該看不懂這張圖吧？這張應該是在都市計畫科和幸福集團最後審訂會議之後，針對施工圖進行的變更。」我完全聽不懂，望向隔壁的筑琪，她也一臉迷茫地回望著我。這時筑琪的繃帶已經纏好了，感覺可以稍微行走，但應該是沒法用跑的了。

「意思是說，這就是目前最接近『巨蛋』現狀的地圖了。我猜這張圖，在現在這個時間點，連土木技師公會、地檢署、營建署，甚至是各家電視台都會搶著要吧。」

我還是不太懂。但淑真阿姨的意思大概是，只要憑著我爸傳來的這張圖，我們就可以順利逃生的意思嗎？

「你們看左側的這幾個空間，是我們剛剛經過的，雖然一片黑看不出來，但我在之前來『巨蛋』跟幸福集團協商的時候，有稍微看過地下一、二、三樓的格局。當然啦，像是消防設施、逃生出口這一類的，『他們』也不會讓我看就是了。」

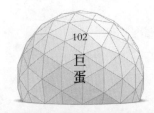

「所以阿姨，你的意思是說，你看得懂地圖，而且也知道怎麼帶著我們前往逃生出口是嗎？」筑琪似乎沒聽出淑真阿姨有什麼弦外之音，又或者這時候她好像開始傻白甜起來，即便她的膚色實在算不上白皙。

「對，你們就跟著我吧。但我不保證你們能活著出去呢。」淑真阿姨將下載好地圖的平板螢幕翻過來又轉過去。「看起來，我們要去剛剛的A2逃生出口，原本是最快的捷徑。但在這個鐵門擋路之後，我們不太可能到達了。

「如果是另外一區的話，來，我看看。喔B區的『B5』逃生出口，看起來並沒有在施工過程遭到變更，應該是目前可行的逃生路線。」這樣是沒問題的意思嗎？有希望可以逃出去嗎？我望向筑琪，她的大眼睛在黑裡圓亮圓亮地發著光。

「但我先跟你們說，照這個路線來看，一來我們必須繞回去影廳和演唱會場館。而且你們可能也有看過開幕前幾天的新聞吧，『巨蛋』的演唱會場地，被踢爆材質並不夠安全，因此要在這裡舉辦演唱會的事，還在市議會上有過一番爭執呢。」

「所以意思是說？」

「是說那邊的地板或許已經塌陷了，就算沒有，我們也必須非常小心腳步。再加上目前的照明狀態，我們在黑暗中，可能至少得走十五到二十分鐘左右。我先告訴你們兩位，你倆要有心理準備。這個時候若再公主病發作，真的沒人能幫得了你們了。」淑真阿姨瞅了我一眼。拜託，我是貧血好嗎？不過我懶得、也不太敢反駁她了。

面對「巨蛋」的結構，我到現在仍然沒有任何空間的實際概念，什麼A區B區，再加上編號等等，這根本是在整人。

只是從淑真阿姨剛剛的這段話中，我好像稍微聽懂了一些什麼。

淑真阿姨、或淑真姊，哎呀，這不重要了。總之她之前跟爸爸工作的幸福集團、也就是她口中的「垃圾公司」有一些過節。或許並不是她本人的糾紛，而是她的親人，所以呢幸福集團找過她進行協商，就在我們受困的「巨蛋」建築物之內。所以淑真阿姨對「巨蛋」的結構有初步的熟悉，又在開幕前就已經來過這裡，開過幾次協調會那一類的。

雖然覺得她有點可怕、有點不正常。只是我們好像也沒有別的選擇了。我和筑琪開始跟著這位外表看似阿姨，但其實應該希望人家叫她姊姊的女人，一起摸黑緩慢往前走。前往她所說的、編號「B5」的逃生出口。

只是我邊走邊思考著著，不確定淑真阿姨到底與幸福集團是有什麼樣的過節。希望不要是那種毀天滅地、一心要讓整座「巨蛋」消失在地平線的那種重大恩怨，那我們真的可以跟著她走下去嗎？或者應該問，這麼走下去前面到底是什麼在等著我們呢？

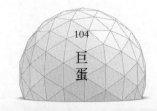

希望不是地獄而是天堂，希望還有機會在「有生之年」的現實世界裡，還能再見家樺一面。我想到剛剛我們三人才在裡面，又唱又跳的演唱廳。地板真的會坍塌嗎？我唐突想起了一句，同樣是公民課本上畫過重點的格言。

「當代表現實的地板崩塌的時候，才會發現原來我們都站在地獄上。」尼采說的，不過記得這句格言可真不吉利。我用力搖晃著腦袋。

4 災後八十分鐘——德宇

就在防煙閘門被強制關閉，隊伍後排的女生被分開、強制隔絕在走廊另一端的同時，我突兀想起了尼采說過的一句格言。「那些打不倒你的，都會使你更強大。」

但真的假的？事實上人類就是無比脆弱而荒謬的存在。

幻燈片似的，我回想著這幾十分鐘內發生的一切，明明還溫馨和煦、鹵素燈光線燦爛的賣場、專櫃、舞台，忽然變成災難片場景，大崩壞大毀滅。然後倖存者推推擠擠，來到了暫時安全的空間，接著群龍無首，吵的吵，亂的亂，就這麼過了幾十分鐘。

再來，大部分的生還者，跟著那個頭戴工地帽的安全主任離開了安全屋，這大概是四十分鐘前發生的事。接著，我跟著一個阿伯、三個高中生和一個熟女前往地圖上的逃生出口。然後就是剛剛，我們的隊伍又被防煙鐵閘門分成了兩邊。現在就我和高中男生、阿伯在這一邊。

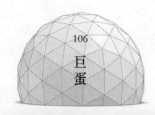

「我跟兩位說明一下現在遭遇的狀況。『巨蛋』地圖在剛剛那個高中女生手上，而照現在的環境，我們已經很難回去找她們會合了。因此我只能憑著剛剛看過地圖的記憶來找路。但如果我們現在所在位置沒有太大出入的話，我們距離逃生出口，應該還不到十分鐘的路程。」阿伯用銳利的眼神掃過我和隔壁那個名叫家樺的高中男生。

「所以阿伯你的意思是要我們先不管筑琪、雅筑，還有……那個阿姨，就我們幾個男生，先去逃生出口嗎？」那個高中男生家樺顯然不能接受這樣的決定，在幾乎要徹底無光黯淡之中，我隱約察覺到他的身體微微顫抖。或許是盛怒、又或許是恐懼。

即便如此，他的聲音也不是很大，我想他向來就是這般溫和的男孩。

「我們先去逃生出口想辦法離開『巨蛋』，然後再和搜救人員描述這邊的狀況，以及生還者的資訊，這不是才最有利救援嗎？還是你這個了不起的高中生有其他的高見？譬如我們先耗半小時回去找你那些同學，然後等火勢蔓延上來，一起悶燒死在這裡？」

「我，我覺得……」果然，那名叫家樺的男生欲言又止，沒有更進一步地堅持了。

我也認同阿伯的意見，並非只是因為我跟那三個女生非親非故，就我對建築設計與結構的了解。即便目前火勢可能還未得到控制，但這種鋼骨建材熔點至少七八千度，整體結構受損或坍塌，還不至於那麼快就發生。

也就是說，就算我們現在花十分鐘逃離巨蛋，搜救人員循此路線再下來救三個女生，應該也花不到半個小時。所以她們到時候就算仍受困在「巨蛋」，應該也不至於有立即的危險。至少不用搞得像《唐山大地震》或《失控隧道》那種災難電影那般危急倉皇，隨時就要大坍崩大滅絕。

於是我們得到了勉強的共識，繼續跟著阿伯，憑著最後幾盞還沒有熄滅的安全指示燈，繼續向前方緩慢移動。

原本整個偌大的空間，只剩眼前稀微的星火。如果這真是一部災難電影，從更細更聚焦的鏡頭來拍攝，大概會看到我們三人眼瞳倒映著螢光熒綠的微弱光線，憑之足以苟延殘喘。

不過想想還是很荒謬，才準備要落成的、象徵我們城市未來的指標性建物「巨蛋」，竟然只剩這幾盞緊急照明啊。再怎麼想，這都無法符合消防安檢規範。大概在我不知道的某個財團、某個團隊，加上某間會議密室裡的協商、審議、決策，導致最後有了這樣的結果吧。

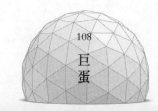

我想起為了準備公務員考試，曾經讀過的公文格式，練習過背過的公文用語與行政法法條。這就是所謂的「密不錄由」吧。當公文的密等和解密條件設定了先決條件，這份文件在到達規範的時限之前，除了會議室裡的與會人等，不得攜出、不能對外透露內容、更不能上網公告。

這就叫作「密不錄由」。於是一切都成為祕密，事發過程與結果不會跟外面的任何人說明。像深藏在蛋殼裡、危如累卵的話語、身世與記憶。

這祕密除了樹洞沒有人知道。

●

我們仨大約用正常行走速率的一半，緩慢摸黑前進了七、八分鐘之後，走在隊伍最前排的阿伯出聲示意，要我們即刻停下來。雖然讓一個都已經六十歲的阿伯來當隊伍的領頭，實在有點不好意思，辜負我這個正值壯年的宅男，但照目前的體能和決斷力看起來，阿伯應該是最值得信賴的、適合當排長的人物了。

「到了，那就是編號『A2』緊急出口，如果雅筑她老爸給的地圖沒錯，那扇門後面的樓梯可以直達地上一層。」阿伯指著漆黑裡晃動的遠方。但我實在看不清楚。總覺得阿伯除了聽力，連夜間視力和動態視力，好像都過於常人。簡直就像漫畫裡那位、外表看似小孩，智慧卻過於常人的名偵探。

就在我腦海中響起《名偵探柯南》裡的「登登登勒」主題曲配樂時，忽然感覺到一陣眩暈感。喔，不，好像不是什麼耳蝸、半規管那一類的器質性癥狀，而是整個地面真的在劇烈晃動。周遭粉塵瀰漫，在微弱的光線中，漫天飛舞的煙塵好像粉雪似的，無聲飄落。

「天哪，這是怎麼了，不會吧？」難道是地震嗎？不可能吧，在這種大災難倖存的場景又遇到地震？這種事只會發生在災難片裡。

「等一下，你們兩個在原地不要動，蹲低，把重心放低。」阿伯對著我和家樺大喊。大概就零點零幾秒的反應時間之後，家樺站的位置首先崩塌。

在底下透出的火焰或光線，讓我看清楚周遭的情況——家樺原本所處的位置，距離電梯口大概有五六公尺，而就從「A區」一號和二號電梯開始向下坍陷，墜落到了電梯井之中，下一幕，連動著周遭的水泥塊也逐漸坍陷下去。這場景我還真的只在災難電影和網路視頻裡看過，簡直就像冰層，先是一個缺口，接著水泥瓷磚地面逐步陷落，冰層融解斷開的裂縫，一直延伸到我們腳底下站立所在的位置。

我第一時間伸長手，想抓住家樺的手，但手上只殘存有抓到他校服外套的觸感，不會吧？沒抓到，完了，我這到底什麼運動神經啊？

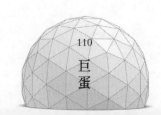

在眉睫眼瞳轉瞬的下一秒，阿伯不知道在什麼時候已經移動到了我的身邊，伸手抓住了墜落中的家樺。

「快來幫忙不會啊?!」我聽從阿伯的指揮，抓住家樺的另一隻手，將他拉了上來。坍陷的部分不斷傳來各種鋼筋或水泥石塊墜落時的劇烈聲響。周遭盡是煙霧粉塵，簡直像地獄般的景象。

所以這表示，電梯周圍的鋼筋已經被燒熔了。不會吧，雖然不是難以想像，但坍陷的速度比我原本預想中還要快上好幾倍。

我、家樺和阿伯坐在遠離坍塌處的位置，劫後餘生地發出戲劇性的喘息聲。我望向電梯口因為被牽扯，而與剪力牆分離的鋼筋殘垣，這根本不是鋼骨結構嘛，甚至連一般集合公寓的鋼筋粗度都不如。

雖然我大學成績實在頗差，但就我印象中建築力學課，老師有講過梁柱內的鋼筋至少要纏繞成幾束……還有粗細程度也不對，這頂多是三號或四號鋼筋。而這種ＳＤ鋼骨結構的大型建物，鋼筋至少得用到六號以上、也就是直徑面19-22 mm左右的鋼筋才對。

總之這不對，一切都不對。

我以前就覺得對建築內部來說，鋼筋很像是人體的骨骼。雖然我們都知道人類的骨骼由兩百零六塊組成，但正常來說沒有機會看到這些骨骼的原貌。

更重要的是，我們一般人沒事也不會想看自己的骨頭吧。但當骨折或受傷時，更慘的就是意外死於非命時、驗屍撿骨那樣的階段，別人才有機會看到骨骼的狀態。而在建築完工之後，鋼筋也就從此隱藏，直到它毀壞或坍塌。

也就是說從建築醫學的角度來說，「巨蛋」已經沒救了，完蛋了。還不是昏迷指數多少的問題而已，根本就等同是到院前死亡了。這棟傳說中的未來指標性建築，還沒有正式營運，就可能隨時就要崩毀。

不是有個成語叫「危如累卵」嗎？真的是再貼切不過了。

「好了，現在安全逃生出口就在對面。」阿伯視線越過剛剛家樺差點掉落的塌陷位置，望向對面的沉重鋼門。看起來門框並沒有變形，只是看不出來有沒有上鎖。應該不可能吧，就算鋼筋、安全指示燈等等的偷工減料，安全門要是被鎖死，很容易就被發現了不是嗎？

更何況那個女高中生她爸不是在幸福集團上班，不至於會那麼無良才對。

「所以，兩位班兵，我們現在任務很簡單，就剩最後一步，就是跳過去到對面。」

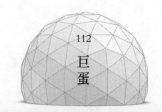

阿伯輪流看向我和家樺。「不，應該說，我們只要跨過去坍陷處就可以了。」

等等，這邊坍陷處的寬度，目測約有五公尺，不，可能是六或七公尺，總之不是正常人能跳過去的。或許正常人可以，但以我日常的運動習慣——也就是沒有運動習慣，我覺得這對我而言，絕對有困難。

「不可能，不可能。我絕對跳不過去。我是說真的。」我看著阿伯堅定地說。

家樺則在旁邊，一臉蒼白看著我倆，不確定他在想什麼？是剛剛差點摔死，現在好不容易獲救餘悸猶存，然後想到幾秒鐘前平行時空的另一個自己，已經摔死在「巨蛋」裡嗎？還是他作好心理準備了？

我想起阿嬤過世前幾個禮拜，在加護病房輾轉進出，醫院幾度發出病危通知。

「我們院方當然會盡全力，但還是希望家屬先作好心理準備。」但準備到底是指什麼？關於悲傷，關於絕望，或是關於死亡？這些事難道是可以說作好準備就作好準備的嗎？

「我知道你們年輕人現在喜歡講厭世啦、什麼負能量，但聽我這阿伯來說一句正能量的話吧。人生在世，如果你下定決心，要真的去拚一次的話，就沒有什麼事是跳不過去的。」

在黑暗與微光裡，阿伯緩慢地、卻格外認真，說出了我今天這一整天所聽到的、最最勵志的格言。

比他媽的那些個什麼尼采，都還要來得勵志。

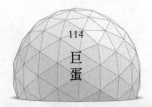

5 災前六七二天——市政府都市營建科會議室

蔡副理走進市政府都市發展局的第二會議室時，發現自己是「幸福集團」裡最早到的一級主管。幾個市府的約聘雇員正在準備桌上的資料、茶水和點心。即便今日氣溫飆高到三十幾度，而公家單位也依據節能原則，規範空調不得低於二十七度，但蔡副理仍然覺得會議室的冷氣格外沁涼。襯衫背心裡汗漬蒸發的瞬間，有一種難以言喻的舒暢。

職員依序在每個座位前，擺好購自於美式連鎖咖啡店的禮盒。蔡副理想起自己準備升高一的女兒，最近才辦了這家咖啡店的會員金星卡。

「只不過是高中生而已，不用跑去花個一百多塊買一杯咖啡吧？」雖然這樣想，自己卻沒有真的說出口。過了某個年紀，女兒好像就會成為家庭裡真正的異次元生物，將老爸視為多餘、廢棄，甚至可能好色又變態的他者男性來看待。

蔡副理甩了甩頭，與其想這些，不如將心思放在眼前膠著的「巨蛋工程安全健檢」

的審議會吧。

距離之前變更工程圖的弊案，消防安檢漏洞的新聞，被媒體公開爆料之後，一連串的新聞名嘴，洗版面擠牙膏的密切追蹤，到現在已經快一個月了。

癥結點是這樣的——五年前，經過公開的招標程序，市政府與幸福集團議定簽約，由幸福集團旗下的子公司「大幸營造」負責承包，執行「巨蛋」的施工與營建。設計圖也經過內政部核定，通過一連串防火、防災等避難性檢測。接著由小夫總裁帶頭，這幢象徵T市未來的指標性建築風光剪綵、動土。

蔡副理回想那時候雅筑還是小學生，戴著橘黃圓帽，背著粉紅或粉藍色的、繪有真珠美人魚圖案書包。在孩子身上時間就像波紋上流動著的光線，好像以超乎中子、原子或夸克的速率與邏輯來運行。

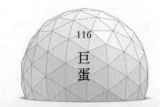

接著「大幸營造」可以說是完全依據核報給市政府的工程進度，甚至以有些超前的方式，逐項完成施工的項目日程。地基，架設鋼骨，灌漿，上梁，到了一個月前被媒體爆料的時候，整座「巨蛋」的鋼骨外支架以及主建築本體，還有周邊的裙樓與生態景觀公園，都已經達標百分之七十左右。

然後就是一連串的爆料，一開始是來自一篇登載在週刊上的特稿：「幸福集團任意變更設計圖，巨蛋未來恐釀成公安意外」。內容大意是說——在施工過程中，負責承包的「大幸營造」在未知會市府、營建署以及都市營建科的情況下，私自變更了施工藍圖，實際上來說，包括縮減逃生出口，變更電梯井位置，將原本幾處預留作為逃生出口與緊急避難通道的空間，直接變更成了倉儲空間，而原本占地大約萬坪的生態景觀公園，在變更之後約只剩下一半左右。

爾後就是一系列媒體追逐戰。台灣媒體似乎不搞國外那種冷硬追蹤查案這一套。反正就麥克風、麥克風牌直接督上去，問市府人員，問集團員工，都問不到就窮追猛打，大喊一些「你這樣變更施工圖良心過得去嗎？」「你有想過『巨蛋』如果搞死人要怎麼賠嗎？」的挑釁問題。

蔡副理想這樣有什麼幫助嗎？就在剛被爆料的前幾個禮拜，也有記者出現在他家門口，即便他本來待的只是與營造沒有那麼相關的管理部門。

至於「大幸營造」這一方，也找了自己的土木技師、結構總工程師出來開記者會，說明這樣的結構是按照施工時現場的要求，並強調自己在建築法規上，這種程度的變更是完全站得住腳。

「那不就得了嗎？」蔡副理想。如果一切確實符合規範，也經過土木技師公會的認定，這有什麼大不了的。就算真的有未按照法規變更的部分，只要在符合消防安檢的規範與程序下，重新申請變更應該也不成問題。

市政府基於當初的合約規範，在初次協商會議之後，先發布行政命令，要求幸福集團即刻停工，等待工作小組相關調查。但沒想到爆料的兩週之後，幸福集團的高層竟然斷然地宣布，「大幸營造」公司進行內部重整。

而很快的媒體和民眾也都發現了——所謂「重整」是倒閉破產的另外一種說法，「巨蛋」轉由幸福集團另外一間子公司「幸久建設」承包，並針對市政府要求的公安疑慮，進行變更、調整與施工方向的修正。

但最讓蔡副理意想不到的是，他會在這個風雨飄搖的關鍵時刻，被任命成為「幸久建設」的專案副理，且這個專案就是眾所矚目的「巨蛋」。也就是說，接下來的工程變更，將由他、隸屬集團的土木技師，以及最主要專案負責人黃總經理重新來進行工程的變更評估。

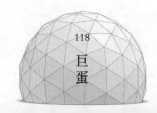

小夫總裁也明確表示，站在集團高層的立場，最終目標就是希望「巨蛋」能復工，盡快將剩餘的百分之三十工程進度給完成。

至於市政府團隊那兒，誇誇其辭的什麼「不排除解約」、「繳付幾億的違約金」，那些聽聽就好。

而這次開會，就是確定「巨蛋」能否復工的評議委員會。備受矚目的「防災安全健檢工作小組」，由土木技師公會、本地大學的建築系教授等成員組成，而最受關注的莫過於兩個人，一位是日本籍的技師，據說是市府高薪禮聘來到台灣協助巨蛋健檢的松田社長；另外則是職掌巨蛋聯合開發案業務的都市營建科的頭頭——羅科長。

●

而此時此刻的現在，隔絕了窗外酷熱的盛夏炎陽，蔡副理和黃總坐在會議室座位的這一頭，與「安全健檢工作小組」的成員對視而坐，進行膠著的討論。

工作小組花費共兩個星期，針對「巨蛋」目前的幾個項目，包括災害如地震、火災發生時的民眾逃生動線，緊急避難空間，安全逃生出口等等進行電腦模擬，而黃總也提供了幸福集團這邊進行變更後的設計圖。

即便蔡副理接下這個動見觀瞻的重責大任才不到一個月，但就他對工程的初步理解，這次變更的施工項目很明確，也確實能夠回應體檢工作小組可能產生的質疑。

蔡副理身邊的黃總正逐一報告著設計圖的修正部分。從這個距離，蔡副理仍然能看到黃總額頭滲出的滴滴汗漬。「根據當初五年前，我們公司與市府簽訂的招標合約與履約保證，請各位看這張投影片，第二條第三款的部分……」

「接著，再請各位看到施工藍圖中，變更後的逃生出口位置。」黃總邊說，邊將雷射投影筆指向會議室中央的巨幅投影幕。「這裡是梯廳的位置，這是變更後的緊急避難室，還有，這是逃生通道。」

「這是本次變更之後，『巨蛋』所新增設的C1、C2、C3、C4、C5以及C6總共六個緊急逃生出口。然後各位可以看到，這是地下二層B2的緊急通道。然後再來，這是電腦模擬完成後的防煙閘門。」黃經理口條流暢，像在背誦某篇核心必選古文，或數來寶、相聲那般的表演，穩妥妥地進行他的調查結案報告。

蔡副理努力追逐著投影片的光點，並將放在他的座位前，這好幾疊厚達百頁的工作小組調查報告，以及「幸久建設」預計的變更項目，一頁一頁以指腹壓平。

由於時間緊迫，說真的，蔡副理也只是稍微翻閱過，沒能來得及仔細閱讀。

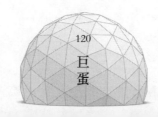

但至少聽黃經理口述，原本的設計圖變更其實並不至於影響公共安全，而經過新的工程藍圖變更之後，「巨蛋」的安全係數變得更高，更有助於民眾於危難時迅速疏散。

「接著請各位同仁注意——這個就是由日本的松田工程安全設計株式會社，透過電腦運算進行模擬，施測時間從六月二十八號持續到七月十五日，連續三百個小時以上的工作時數不間斷地反覆模擬，提出這一份模擬報告書。我想請各位體檢小組委員注意，關於我們模擬逃生實況的這個部分，在各位手邊資料的二十八頁之後。」

黃經理同時透過筆電操作，螢幕上投放出來經由電腦模擬過後，非常逼真的巨蛋完工寫實地圖，甚至包括各種角度與剖面圖。

「首先是遊客人數可能會最多的『表演展覽廳』。」黃總按下縮時的模擬重置。畫面上的紅藍點開始移動。

蔡副理試著將這些紅點與藍點，想像成真實遭遇災難的遊客、生還者。兩三萬的歌迷勁搞搞地吶喊著，整個場館都是嘶喊、尖叫與過度洋溢的費洛蒙。下一個瞬間，像把一切美好與平和都要吞噬掉的火光竄出，是舞台區的煙火不慎引燃，或後方觀眾席遭到恐怖攻擊。這時大多數的樂迷仍然渾然未覺，對著舞台上的藝人，繼續擺動身軀、揮舞著螢光棒。

整座 3D 立體卻又濛迷失真的表演廳，宛如成了夢境中的預言。

「各位可以注意到：我們模擬幾種不同的災難狀態，包括火災、地震、毒氣外洩以及恐怖攻擊等等。好，現在發生危難狀態，警報開始搖送、作用，然後群眾開始疏散。」

黃總以投影筆的紅點，穩穩指向螢幕上，代表人頭與受困人數的紅點。

螢幕最右上方的「疏散時間」、「逃離人數」等幾個數字和單位，開始正式倒數。

當舞台幾個點遭遇到恐怖攻擊、炸彈或火災時，螢幕上模擬的紅點小人，依照指示燈與箭頭的幾個出口方向，依序離開表演廳。大約十一至十二分鐘之間，整個偌大的表演廳就疏散完成了。

「剛剛這是將場館清空，沒有放置座位的狀況，接下來將座位放入場館，並將防火區域與耐燃性建物的因素考量進來，我們重新再讓程式跑一次。」黃總再次按下縮時播放，這次時間耗費稍久，但由於耐燃設備、材質發揮了效能，因此，疏散速度仍然控制在二十分鐘之內。

不過蔡副理總覺得在電腦模擬之下，整體疏散動線的速度有些快，繞過障礙物的動線也過於流暢。

「再來這是影廳、也就是電影院部分我們進行的電腦模擬。」同樣的，根據電腦的模擬，螢幕上方顯示逃離的人數數目不斷快速增加，後製成不同色塊的小人模型，魚貫地進入了標記著不同顏色、不同區域的緊急避難通道，接著再從不同色塊標記的緊急逃生出口離開「巨蛋」主體建物。

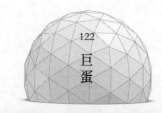

即便今天整體結案報告的流程，蔡副理已經拿到了相關資料，但總覺得這個電腦模擬，將「災難」以一種異常違和與平靜的方式來呈現。

那可是真實的災難啊。無論是爆炸、煙霧、火災、地震、毒氣……那種大毀滅的場景。斷垣殘壁，滿目瘡痍，如果要民眾如此內斂、節制，遵守秩序列出隊伍，聽從指示離開會場。這實在讓人難以想像。

蔡副理回憶自己在電視、新聞裡看過的災難與意外。那種米蘭昆德拉式的大規模混亂、喧騰、尖叫，還有踩踏。人頭四肢彼此傾軋，奔跑的身體，疊壓的身體，還有真正的疼痛，鮮紅色的血液。真的難以想像。

當然，在各國的消防安全健檢與審查的過程，這套以電腦軟體程式去模擬災害發生的程序，都是合理也能夠被主管機關所接受的。

只是蔡副理心底還是未免感到些微的荒謬。在這個模擬程式的演算法裡面，一切都猶如那套名之曰「模擬城市」的遊戲而存在。

為了避免軟體程式模擬的不足，在今日與健檢小組、審查委員會報告的議程中，下一個步驟，就是實境模擬。幸福集團依據工作小組的建議，製作出了相同格局的樣品房，請真實民眾進入其中，針對災難現場進行模擬。

「同仁們請看，這是全景攝影機拍攝到的即時畫面，我們將『巨蛋』中使用的各項耐燃與防火設備、移至模擬專用的攝影棚之內，進行穩定性測試。

「那麼就請各位看一下這段影片。」影片裡是電影院內部的場景，影片約播放了一分鐘，警笛聲與迫切的女聲出現：「現在發生火警，請立刻依據指示燈前往安全的地方避難。

「各位可以看到，現在火災警報啟動，接下來就是安全性強制斷電與緊急備用電源的啟動。確定起火熱源之後，幾秒之內『巨蛋』內一共兩百三十個灑水系統，就自動偵測並啟動，然後就是指示民眾緊急疏散。這一切都按照消防安檢的SOP來進行。」

在螢幕中，上百位不確定是臨時演員、抑或是真正素人的民眾，聽到警鈴而顯得驚慌失措的模樣。下一個階段，緊急避難通道的指示燈盞盞亮起，再來就是這一批偽裝成受災的民眾，依循著指示燈，找到逃離的通道與逃生出口。整個影廳的民眾就徹底疏散完畢，上面的時間碼表顯示為三分二十五秒。

同樣的和諧秩序，有條不紊，每位受災演練的民眾，有一種難以形容的淡定，就像早就默記自己的台詞步伐與走位似的，看似慌亂其實穩妥妥地離開災難現場。

因為這不過是一場秀吧。一場演習，一場彩排，一場與現實世界與生存安危絲毫不

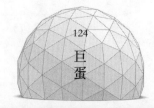

相干的表演。社會學家高夫曼（Erving Goffman）曾說，整個世界就是一座巨大的舞台，我們不過是在舞台上表演自己的日常生活。

只是蔡副理擔憂的是，當真正的戲劇性災難，一旦發生在現實生活的時候，我們到底該如何自處？

「再來是我們的濃煙偵測系統，各位可以注意看它的功能、效果，以及系統面對危難時的反應時機。」黃總以宛如拿西洋劍的手勢，將投影筆指向下一頁投影片。

整個場館被攝影機區分成幾個小型視窗，當中央區域濃煙逐漸冒出，首先可以看到排煙的裝置開始啟動，而接著就是每一個場管區域間的防煙閘門被關上。最上面監控室的頁面，原本顯示為螢光綠色塊的區域，在第一時間就由綠色，轉變成為象徵危險或慾望的鮮豔紅色。

「等到『巨蛋』正式營運的時候，我們每一層樓的中控室都會有值勤人員，並且分為三班制，每日二十四小時機動執行勤務。因此，我們幸福集團自行委託的消防安全公司，以及巨蛋消防體檢小組，一致都認為，經過我們變更與改良過後的『巨蛋』，無論遭遇什麼樣的突發狀況或公安意外，都在我們掌握之中。

「各項設備是否符合消防安檢法規的報告，各位可以參看附件。」黃經理自信十足、

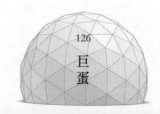

指向那疊側面黏貼上好幾個不同顏色標籤的報告書。

「因此本人代表幸福集團，敦請市政府同意由『幸久建設』繼續負責『巨蛋』的施工，並且於即日起立刻復工，重新簽訂工程期程的履約書和備忘錄。」黃總報告完畢的同時，望向蔡副理所在的座位，以眼神示意，這表示即將進入提問時間。

原本蔡副理的工作，就是當市府官員提問時，盡快找出相關資料來補充。不過對於才剛接任「專案副理」不到幾個星期的蔡副理來說，這實在稱不上一件輕鬆的差事，他昨天熬了整夜給結案報告貼標籤。黃總報告乍聽沒什麼太大問題，但關於電腦模擬的效率顯得太有自信了，蔡副理緊張了起來，覺得喉嚨裡乾乾澀澀的，像寄居了某種海底生物似的。

「真不知道黃總怎麼能那麼胸有成竹？」蔡副理在心底納悶。

「我先來補充一下好了。」在幾十秒鐘的沉默之後，發言的是都市營建科的羅科長。蔡副理當時還不清楚，接下來的兩年，他將與羅科長負責業務的對接。

「科內的部分同仁，或許因為媒體炒作，對『巨蛋』未來的整體施工品質與進度，以及『幸久建設』接手後是否能保證履約，還有一些疑慮，但我的建議是我們都營科內部先統一意見，畢竟我們可說是市長面對『巨蛋案』內部最重要的幕僚單位，而相關工程進度，市長也已經責成本人來覆核，若我們能提供明確的方向給市長，相信可以讓這個大家關注的懸宕一案，盡快落幕，恢復日常生活。」

羅科長稍微停頓了幾秒鐘，才接著往下說。

「在這邊我想邀請市府從日本聘請來的工程師，有多年負責工程消防安全的松田社長，站在健檢工作小組的立場，替我們進行報告。」

「各位好，窩似松田時生。」以生澀中文問好並自我介紹之後，松田社長改以日文發言，而口譯人員在旁翻譯。

松田社長大致的發言內容，除了替剛才電腦模擬的結果背書，並針對「巨蛋」的耐燃性材質、以及防煙閘門等，誇獎了一番，稱讚這是前瞻且具備公共責任的設計，由此也確實看得出來，「巨蛋」的設計可能是台灣未來五十年內的指標性建築。

「指標性建築」啊。這五個字就好像某種魔咒。某種類似「台灣之光」那一類的民族主義強心劑。而這個詞由日本專家說起來，其咒術效力似乎又更強化了。剛剛黃總報告時，坐在前排的市府團隊，還不時傳來窸窸窣窣的交談雜音，但松田社長發言之後，整間會議室驟然安靜了下來。

這讓蔡副理頗感到有些不可思議。當然，這也很有可能還是出於羅科長在事前斡旋、密室會談和協商的結果。但像羅科長這樣青年才俊就升上科長的公務員菁英，以及代表日本精密安全工程的松田社長，竟然都願意如此信賴地背書。副理一方面對於自己接任這項專案，稍微有些安心，但仍然隱含著些微的不安。像無限透明的晴空盡頭，逐漸累積的烏雲。

「那麼，本科傾向解除對幸福集團的履約保證金凍結，並且將這樣的決議，提報到市政擴大行政會議，建請市長依照當初合約規範，讓幸福建設恢復施工。」羅科長對著麥克風宣布，赭紅色的光點在會議室裡無聲閃爍著光痕。

「此外再補充一點，就我個人的立場，我完全願意相信，幸福集團在兩年內，可以完成這項工程，並讓『巨蛋』成為本市未來五十年最重要的指標性建物。」羅科長說這句話的時候，蔡副理總覺得在他的眼瞳裡閃過異樣的光彩。

蔡副理不確定羅科長是真的相信，或是有什麼「非得讓自己相信不可」的原因。

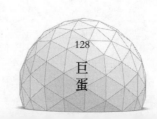

6 電視機

「記者現在人就位於『巨蛋』東側入口的正前方，各位觀眾可以看到，目前場館的一二樓，火勢已經得到控制，但現場濃煙還是非常多，能見度非常差。」

「各位觀眾朋友，剛剛記者得到通知，市長與副市長目前都已經到了現場。此外包括東區、西南區與西區的三位分區警察局長也到了現場指揮坐鎮。現在各位聽到的直升機盤旋的聲音，據報空總的勤務中心也派出了兩台救災的直升機，協助現場救災。」

「根據記者的目測，現在幾乎沒有辦法看清楚現場的狀態，至於搜救人員目前的進度，我們也必須等到市政府進一步的記者會，才會得到比較清楚的資訊。」（現場收音：前面的可不可以蹲低一點，我們這邊拍不到市長和消防隊員喔。）

「上一次T市遇到這樣的重大公安意外，已經是八年前的塵爆事件。當時的事件造成十多位民眾死亡，上百位遊客受到輕重程度的燒燙傷，我們現在訪問到當時塵爆的其中一位倖存者。各位觀眾朋友可以看到：這位倖存者當時全身高達百分之七十以上的二、三度灼傷，現在呢也還依稀可見當時留下的傷痕。請問你：看到這次『巨蛋』的意外，而且目前還有那麼多失聯民眾，有可能受困在『巨蛋』之中，你心情怎麼樣？」……

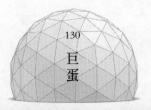

第三章

天動說與地動說

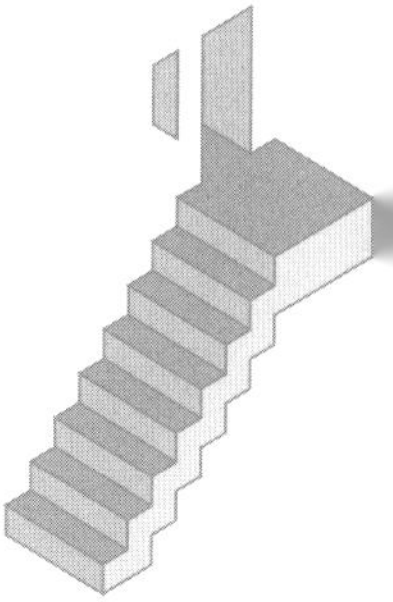

1 災後九十分鐘——雅筑

與家樺在內的其他男生，被剛剛那道不確定是防煙還是防火的閘門給硬生生分開，接著變成我們三個女生組隊行動，已經過了十分鐘。我完全不知道自己現在到底在「巨蛋」裡的哪個位置，只能從黯淡無光的迴廊、通道，判斷自己仍然處於巨蛋的主建物之內。

十分鐘雖然短卻顯得異常漫長，我身旁的筑琪一句話也沒說，而平常總是帶話題的我，在這樣陰鬱的氛圍裡，實在也找不到話哏足以開外掛，只好就這麼跟著淑真阿姨，在黑暗中小心翼翼摸索著前進。

我們的周遭，視線所及的範圍，甚至是整座巨蛋以至於整座宇宙，好像只剩下老爸留給我的那台平板螢幕，還有螢幕上的那張地圖。像童話裡賣火柴的小女孩故事，最後燃起的熒熒火光。那是最後一絲希望的明喻。

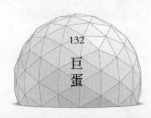

我忽然在想這一切到底是怎麼一回事？怎麼造成的，以及還有沒有絲毫足以轉圜的餘地？左手緊牽著筑琪、她的掌心溫度，還有濕黏黏的汗漬，透過熱交換質量不滅傳送到我的掌心。她的移動速度似乎沒有受到腳傷太大的影響，跟剛剛貼紮療法可能也有一點關係，但可見筑琪不愧是校排球隊的主力。如果今晚我們能平安離開巨蛋，我期待自己也要找一種運動來鍛鍊自己。

希望自己的身體能夠更健康，也別再像現在那麼嬌弱。

願望，期許，未來。據說每一次選擇與決定，就會在看不見的平行宇宙裡，創生出一個新的未來。這麼說起來，我好像忽然想到什麼似的。

「欸，筑琪我問你喔。你們剛剛說的那個，薛什麼格與貓的力學，你覺得那會是真的嗎？」我對身旁黑暗裡的筑琪說話。

「什麼叫那會是真的嗎？當然是真的啊，就是物理學家做過的實驗啊。天啊，你現在還在想今天物理的模擬考喔？算了啦放生它了吧，Let It Go，Let It Go。我現在只希望能順利逃出去。然後迎接我的十八歲生日。」

「我只是在想，就是、關於家樺說的平行宇宙和時空，那個叫什麼疊加的？」

「你是說『疊加態』？欸欸小心，這邊好像有玻璃碎屑。」筑琪邊說邊拉著我，小心翼翼跨過滿地的碎玻璃。不只有碎玻璃，散落的商品，還有一些大概是誰的隨身物品，就這樣噴灑滿地。我甚至要求自己別去想那地板上濕滑的液體是不是誰的血跡。

可以想像的是剛剛發生的大災難，人群在逃離與推擠中，這些原本完好美麗猶如玻璃雪球的商品，隨身攜帶的珍視物，是如何一一摔碎砸破，成了如今的模樣。

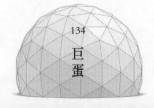

「對，如果說我們可以重新選擇呢，就是說，回到某次選擇之前，然後重新跑一次這個看似隨機的程式。比方這樣說，我不要跟我爸說想要來看演唱會，那麼他也不會給我今天的通行證；或者是，我爸雖然給了我通行證，但我們決定留下來不蹺掉今晚的晚自習……」

「我知道你要說什麼，但這跟你沒關係啊。」筑琪的聲音從黑暗中筆直射過來，就好像宇宙銀河系裡射進平流層的不可見光波段。「我的意思是，雅筑，這不是你的錯。」

「是啊，這都是那個點火的人的錯。造成這一切的凶手，就是現在這個『巨蛋』裡面，最壞最不可饒恕的惡人吶。」淑真阿姨不知道是否一直在聽我倆說話，這時走在我們前面大概兩三步的她，忽然回過頭來這麼說。而且語調裡有一種說不出的詭譎和恐怖。

「如果你爸給我們的這張地圖沒錯的話，只要再穿過這個走道，就是地下二層的中央控制室。只是我猜裡面的保全員應該老早就撤離了。但只要進到裡面去，並想辦法將降下的防煙閘門重新開啟，我們應該可以跟那幾個男生會合了。

「只是不知道有沒有這個必要就是了。」淑真阿姨最後一句話壓低音量，但顯然又不是在自言自語。

「等等，淑真阿姨，你的意思是說，我們不一定要回去找家樺他們會合嗎？」筑琪問。

「對，中控室的後面就是編號『B5』的逃生出口，我自己會選擇直接離開。不過至於你們兩個想去哪裡，都不關我的事。也就是說，在地下三層的火災燒上來，或被濃煙悶嗆窒息之前，想幹嘛都隨便你們。」淑真阿姨用一以貫之的冷漠口吻回答。

「我覺得這樣太自私了，家樺他們可能會一直受困在剛剛那邊。」我在黑裡瞪向淑真阿姨。

「哼，我說你啊，大概不夠了解，那個，家樺吧。他絕對不可能像你那麼傻白甜沒方向感吧。」

「你是有毛病嗎？阿姨……」我正準備要繼續吵架，筑琪拉了拉我的手。對，中控室就在前面了，逃生出口也近在咫尺，現在當務之急就是趕快試圖將防煙閘門功能給解除。

再幾公尺就是終點了。今年的聖誕夜對我來說未免太刺激了一些。

我們真的可以順利逃生，是這樣嗎？只差最後一條走廊的距離，然後我們就可以回到正常的世界。筑琪變成真正的十八歲大人，我跟家樺告白，一切都像另外一個疊加態裡的平行宇宙，什麼都沒發生過一樣。

是真的嗎？真的可以有那樣一個安穩靜好的完美宇宙嗎？

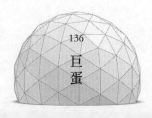

2 災後九十分鐘——德宇

「所以說，那我們真的得……從這邊跳到對面？」家樺危顫顫站在了斷壁的邊緣，探頭探腦往下眺望。我則是連站到邊緣都有困難。這時候如果是好萊塢電影，男主角應該會先跳過去對面，然後伸長臂膀，上臂的二頭肌塊塊結纍，然後大器地對著我們這一邊的女主角喊話，「不要怕，不要往下面看，閉著眼睛跳過來，我一定會接住你。」

接住啊。我回想上次聽到這種浮誇的詞彙，好像是大學準備畢業那一陣子，那時候我正在猶豫著要不要考研究所，還有一部分的感情問題，於是去找了學校諮商中心的心理諮商師，「接住」好像就是他們心理諮商的專用術語。

「我們心理師的工作，就是要將信任我們、前來諮商的同學，牢牢地給『接住』喔。」我回想起心理諮商師當時說過的話，如今回想未免有些太戲劇化。

後來我還是放棄考研究所，後來的後來，似乎也沒有更多鮮豔烈烈的鴻鵠大志。反正人生就這樣，能混就混噩噩渾渾地一日瞎踅過一日。

但我不禁回想，如今變成了這樣的我，這樣算是被「接住」了沒有？或是短暫被接住了一下，接著又不小心滑了開來。就像村上春樹《聽風的歌》的那個隱喻，一張從一開始就沒能準確對齊的描圖紙地圖。一點一點，慢慢地往更歪斜的方向錯開了。

錯開，再錯開。那些實線虛線，地圖上的浮標與等高線，在我眼前交錯撩亂。

「這位阿宅，你傻了是不是，現在是適合放空發呆的時候嗎？」聽到阿伯的呼喊，我才從白日夢恍神中恢復過來。仔細看才發現，剛剛眼前幻見的線段，其實是水泥縫隙之下，一根根錯位斷開的鋼梁。

「聽好了，我跟你們兩個說，看到對面那根截斷的鋼梁沒？我先跳過去攀住，然後你們要跳的距離就可以縮短一些。我會在那邊接住你們倆。一定要跳過來啊，知道吧。」

「你們倆先自己暖身一下。」才剛說完這句話大概幾秒鐘，阿伯刷一下地就開始動作。

明明少說也有六七公尺的距離，但眼看這個靈活度過於常人、身手直逼成龍的阿伯，只是稍微助跑，就好像飛機收闔起落架，離地飛行那樣，崩的一聲彈飛了起來，接著他俐落攀附住對面的鋼梁，像無重力般輕飄飄地站起身來。

安全門就在他的身後了。

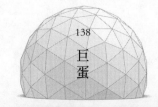

阿伯單手推開了安全門，向我倆比出了一個「ＯＫ沒問題」的手勢。

太好了，看來安全門後確實是逃生出口。旁邊的鮮豔字體寫著編號「Ａ２」，這麼看來「Ａ」開頭的緊急逃生出口，應該都是真的，也都確定可以開啟沒有被阻塞。

雖然我跟家樺還沒跳躍過這個人生的坎陷，但至少讓我鬆了一口氣。這麼說來「巨蛋」工程雖然有些是偷工減料，加上變更設計藍圖和消防安檢設施，譬如將重要的逃生出口挪作倉儲空間等等之類的，但至少還不是那麼無良。

「我確定這邊有路往上走，你們兩個人可以跳過來了。」

「欸那個，阿伯，我們是真的沒有其他比較好走的路了嗎？」我對著阿伯的那一邊嘶喊著。底下的溫度越來越高，我額角汗漬不斷滴落，整個眉毛眼角都被汗珠給浸濕。

「其他路線不見得好走，而且你不要忘了，我們手邊沒有地圖。你這個宅男趕快給我跳過來。」

「那我來第二個跳好了。」沒想到家樺搶在我前面。天哪。剛剛讓一個阿伯搶第一，現在讓高中生搶第二。我這個成年男性好像真的是整個隊伍裡最廢的。還有，還有剛剛那個隨身背著運動提袋的女高中生，感覺是什麼排球或籃球系隊，她應該也可以二話不說就這麼跳過去對面吧？

「我是覺得如果有阿伯在對面接住我們的話，我應該跳得過去。」家樺邊說，邊後退到了助跑位置。我默默將這個距離記下來。「其實我平常也有在練排球喔。」

只是眼瞳一瞬，幾秒鐘的時間，家樺起跳畫出了一道拋物線，接著宛如超級磁鐵似的阿伯整個將他給接了過來。

嗯嗯，好像不難嘛，至少沒有想像中困難，距離雖然感覺很遠，但對面有人接應的話，我應該也做得到。

「就像人生嘛，沒有什麼是跳不過去的。」我反芻著剛剛老伯說過的話，退到了比剛剛家樺助跑時更後面的地方，接著深吸一口氣。腦海中違和浮現出奧運田徑場上，我穿著跳遠選手的短褲，要為國爭光那樣荒謬的景象。

我感覺自己膝蓋的關節不住顫抖著，因為亢奮的緣故，血液快速循環，進入十根指頭的每截指尖，每個指頭都散發著熱能、充滿著力量。好，我要跳了。

但似乎是助跑距離太長，又或者是算錯了起跳時間，跳出去的一瞬間我就覺得不對勁。結果竟然比我想像中更早就往下墜落。

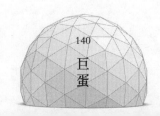

「完了，慘了，不行，這樣跳不過去。」我想嘶喊救命卻叫不出聲音。

雙腳騰空，四周景色都在旋轉，簡直就像《湯姆貓與傑利鼠》卡通裡的片段：湯姆貓追著老鼠跑到了斷崖的懸空處，但還沒意識到這點，因此牠整隻貓懸浮在半空，接著才悲劇又滑稽地往下墜落。

但我不會也不能像湯姆貓啊，這是現實世界而不是卡通情節。如果我跌下去就是萬丈深淵，就是一片火海，猶如地獄的景象。就像誰的小說寫過的句子——如果有地獄，那就是在此處。

「德宇哥，你抓住我，千萬不要放手。」是家樺，沒想到這個看起來孱弱的高中男生，竟然抓到了我的左手，我準備伸出另外一隻手，但不行，他的手心濕黏，馬上就要滑掉了，天哪。就像人們說的，零點零零幾秒的時間縫隙，人生猶如跑馬燈。我想到大學時那場搭橋競賽，想起明晴約我去夜衝看夜景的可愛表情。想起自己猶豫不決，而放棄了去申請推甄研究所的保送名額。

如果有重新選擇的機會，這一切會不會有一些不一樣？我真的沒辦法想像了。如果日後有人潛入市政府的機密文獻庫，調出今晚「1224巨蛋事件」的極機密檔案，會不會記載這一段——關於一個不會運動的白痴宅男，妄想跳過水泥斷層卻不慎失足跌落的慘案呢？

有沒有哪一段解密會透露，他在死前一瞬的腦電波裡，浮現的是大學時學妹猶如晴天般明豔笑顏？

啊，現在想這些都太遲了吧。

「抓穩了喔，你這個不運動的宅男。」忽然間有股強烈的衝擊，緊扣住我的左手腕。喔，老伯的臉出現在上方。他的手掌厚實又溫熱，他穿著夾克的臂膀，看得出肌肉結纍。到此時我才敢肯定這個老阿伯鐵定不是一般人，肯定受過什麼特勤或海軍陸戰隊那一類的訓練。只是我不確定他今晚出現在「巨蛋」，只是湊巧，還是另有任務在身。

我伸出右手抓住老伯，他以驚人的臂力將我拉了起來。雖然很不好意思，但我ＢＭＩ比正常還超標一些，實在難想像阿伯的肌力有多麼強大。我癱坐在地上不知道過了多久。然後是一道雖然微弱卻異常清新透明的光線，從緊急逃生出口的門後射了進來。簡直就像那種描繪末世或死後亡靈世界的電影，那一道天堂門前的燦爛耀眼的光束，簡直讓人無法逼視。

「我們上樓梯吧，兩位娘砲先生。」老伯說了句有些歧視女性的不正確發言，但我想姑且算了，今天讓我恐慌到不能承受的事情，恐怕已經超出我前半生的總和了。

「走吧，我們可以離開這他媽的『巨蛋』了。」老伯率先邁開步伐，踏上通往地下一層的樓梯。

3　災後一百分鐘——雅筑

「沒辦法，我徹底放棄了。」幾分鐘前才興沖沖跑進中控室，準備大顯身手回復她陽光美少女型態的筑琪，現在竟然已經癱坐在旋轉椅上，一臉沮喪、完全束手無策了。

至少比起外面，中控室裡的照明充足，讓我這才有機會注意到筑琪扭傷的左腳腳踝，以一種異常的體積黑青腫脹著，腫到根本看不到腳踝的骨頭了。天哪，這樣的傷勢，光是奮力支撐走到這裡，她應該就已經很痛了吧。相比之下我覺得自己真的有些太廢了。公主病？我真的不願意這樣說自己，但從各方面微物跡證來研判，在大難來時我真希望自己可以更堅韌一些。

總之得先讓筑琪的腳得到充分休息。我扶著她到了中控室內部，以輕隔間隔開的獨立小房間。就像電影裡演的、阿湯哥每次都會先闖入的房間內設備幾乎一樣，一張旋轉椅，面對前方一整排的液晶螢幕，桌面上有一些意義不明的開關和按鈕。

這應該是閉路電視連結的監視器螢幕吧？但目前顯然沒有運作。

好不容易終於有地方坐下的筑琪，因為突然的姿勢改變，神色顯得有些痛苦，或許對她來說也已經快要抵達臨界點了。

只是不知道什麼原因，中控室的控制面板無論怎麼操作，完全沒有任何反應。雖然大多標示是中文，我和筑琪應該也可以正確操控，但完全找不到類似啟動的開關。

代表電源的紅燈持續亮著，而從室內具有照明這一點來看，就代表中控室內部並沒有斷電，至少目前在我們所在的地下二層 B 區的內部，供電尚稱一切正常。可是為什麼呢？到底是哪裡出了問題？

我跟筑琪就在中控室這麼瞎弄了幾分鐘，完全摸不出頭緒，而剛剛走在前面的淑真阿姨，在我們進入中控室後隨即不見蹤影。她應該自己去找出口逃生了吧。但也沒差，那麼冷漠的人，若不跟我們一起行動說不定更好。

還是算了，放棄跟家樺會合的念頭算了。就我和筑琪兩個人先想辦法逃出去，然後再跟搜救人員說清楚我們和家樺被隔開的位置，將後續交給他們，這樣是不是比較好？但我、就我的方向感，實在很難說明剛剛到底是在哪裡和家樺分開行動的了。

就在我思索著各種可能路線與選擇時，筑琪發出微弱的呼喚聲，打斷了我的構思。

「欸那個、雅筑，你過來這邊看一下螢幕。」筑琪指著她的座位前面。剛剛進來時還是好幾個漆黑的液晶顯示器，不知道什麼時候忽然運作了起來，整個房間內顯得更加明亮清晰。

一切因燈火點燃而和煦依依，簡直就像這場如噩夢般的大災難大浩劫，從來不曾發生似的。

「那些人，是不是就是本來跟我們一起待在剛剛那間會議室的人啊？」筑琪指向上方第二排、其中一個螢幕。

雖然從監視器只能看到一叢又一叢的後腦杓黑點，但確實沒錯，少說也有四、五十個人吧，集中在一條類似走廊的地方。而走在最前面的，就是剛剛那個戴著亮藍色工地帽的大叔無誤。

從監視器螢幕看起來，光線似乎比我們實際的環境要來得更清晰。我想並不是那邊的緊急照明可以使用，而是攝影機有自動加強亮度的功能吧。

監視器螢幕的下方有編號，但看這類似的場景，實在無法判斷他們位於「巨蛋」的哪個位置。他們所在區域的監視器，上方的紅燈以一種異常的節奏與頻率，不斷地閃爍又熄滅。

即便畫面尺寸略小，但還是勉強看得出，剛剛的生還者團體，在螢幕裡節節後退，是出了什麼事了？我第一時間想到的竟然是Ｂ級恐怖片裡，那種喪屍突襲、陰屍滿路這一類的白爛情節。

「雅筑你看，是煙霧，好像是濃煙慢慢飄了過來。」雖然一開始不太明顯，但螢幕前方確實被籠罩覆蓋了一層氤氳白霧。

「我們可以想辦法在這邊啟動防煙閘門嗎？不然他們再幾分鐘，就會被濃煙困住然後昏倒了吧。」

「好，那……我、我再試試看。」筑琪說的同時，我衝回隔壁房間的控制面板前，這根本是好萊塢電影的情節了吧？就是超級英雄最後總能在核彈引爆的前幾秒，順利地按下紅色按鈕，阻斷壞人的陰謀，防止世界被破壞，維繫全人類的安危。

又是和平靜好的一天，感謝勇敢的飛天小女警。

但非常無奈的是，這個世界終究沒有超級英雄，也沒有飛天小女警，而拯救世界的按鈕也通常不是暗紅或鮮紅色那般明顯易識。

不管我按什麼鍵，控制台面板終究沒有顯示任何反應，剛剛將我們跟家樺隔絕開來的防煙閘門，現在不知道是什麼原因，完全當機而無法運作。

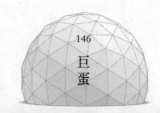

我跟筑琪眼睜睜看著濃煙瀰漫，不過是一個多小時之前讓我們記憶猶新的大混亂大暴動，如今竟然又再度出現，像看一場明明知道比賽結果卻不斷重播的球賽，意外進入到延長加賽，第十局、第十一局、十二局……

螢幕裡的生還者，有些人拔腿狂奔，有些人瘋魔似敲打牆壁。有些人在地面匍匐或翻滾，也有些人就此被濃煙覆蓋。

與剛才我們親身經歷的災難相比，唯一的差別就是透過監視器的螢幕，我們這邊聽不到聲音。因此沒有哭喊、尖叫、撕心裂肺的恐怖音量。這可能是唯一還算慶幸的事。

天哪，不要，我真不希望眼前的平行宇宙是真實存在著。

有幾個人跑到了走廊的盡頭，那應該是一個逃生出口，雖然我不知道編號多少，但那扇鋼門的上方有著代表安全的螢光綠燈。

「對，對，對，逃到那邊就對了。」我對著液晶螢幕，就這麼大聲喊出聲。「只要打開門就可以順利逃生了。」這種對著螢光幕大喊，希望角色們能夠順利逃出的情節，過去只有在看那種被戴著詭異面具的殺人魔追殺的女主角，逼到絕路死境時，才會有的投入感。

但現實世界我們對抗的大魔王往往不是那麼扁平、拿著鐵鉤或電鋸的殺人狂、怪獸或喪屍。現實世界的邪惡通常猶如隱形，就像水珠滴定緩慢滲入我們的日常。

現實世界裡那扇緊急逃生出口的門，終究還是打不開。不確定是上了鎖或根本又是另外一間被變更過後的儲藏室。最後煙幕瀰漫過了走道，只遺留下那盞螢光綠的指引燈，在霧氣中閃爍著迷濛的光芒。

這條走道，這個空間，這個場館，這整座「巨蛋」，真的是我爸負責的專案工程嗎？真的是幸福集團打造的未來指標性建築嗎？這種消防逃生設備，這種安全係數等級，我真的不敢相信。

我跟筑琪好像用盡了逃生的氣力般，看著畫面繼續漆黑下去的螢幕。這時背後傳來意外的聲音，是淑真阿姨。她竟然還沒有拋棄我們先逃走，哇，真是好人，我覺察到自己方才好像錯怪她了。

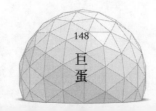

「剛剛我已經確認過了，地圖上顯示的『B5』確實是真的逃生出口，可以上去到地下一層，如果再繼續往上走，就是緊急逃生梯，我也確認過了也可以正常運作。」淑真阿姨說。太好了，所以我們目前可說是安全了。但她的語氣絲毫起伏都沒有，甚至有些陰冷。

「但是我剛剛已經把安全出口給由內反鎖了。」等等，阿姨現在是在說什麼？是我聽錯了嗎？

「淑真……阿姨，你剛剛說的『由內反鎖』是什麼意思？」筑琪忍著腳痛，拖著受傷的腳，緩慢從監控室走了出來。

「就是字面上『反鎖』的意思。我把安全卡榫由外鎖上，再將鐵門關上，也就是說從我們所在這一側，絕對不可能打開它了。」

「所以，阿姨我們是在問你——你這樣做到底是什麼意思？」

「意思就是說——今晚，我們誰也不要想離開『巨蛋』了。」

4 災後一百分鐘——臨時指揮中心

設在災區現場的臨時應變與指揮中心，就位於「巨蛋」園區內部的生態景觀公園，只有簡單搭建的帳篷與帷幕。而緊鄰著生態景觀公園的幾條主要幹道上，外側車道已經因交通管制而封路了，沿街停滿大約二三十台、貼有電視台標誌的轉播車和SNG轉播車。

蔡副理隨著市府團隊的公務座車，只能開到前一個街口，就得下車徒步行走，且穿越過記者與圍觀民眾的層層關卡。

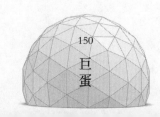

但「巨蛋」以及周邊園區所在的位置，可是T市蛋黃區的核心地帶啊。蔡副理想像著——如果自己只是一個局外人，在尖峰的上下班時段，來到這個繁華且流水馬龍的路口，而發現前方因封路而壅塞不通，不知道會有多急躁火大。

叫罵聲、怒吼聲、喇叭聲，大概都被隔在幾十公尺外的管制區之外了吧。即便可能還有民眾受困其中，急需救援，但當我們成為局外人，事不關己，只要顧慮自己的時間一點也不容被耽擱，自己要上下班、要通勤、要順暢地使用路權。只因為跟我無關，沒有人是局內人。

這就是台灣人，還是就是「台灣性」嗎？或者該說這是普遍的人性，就是台灣最美的風景呢？

只要我方便就好，大家應該禮讓我，容忍我，姑息我這一次就好。但如果是別人耽誤我的時間，我的便利，我就絲毫也無法容忍。

這應該就是「自私」這個詞無止盡的具象化、實體化吧？

這樣的「自私」一開始其實癥狀非常輕微，只是圖個便利，但後來成了一種失控的相互勒索。譬如說商家占用騎樓，原本就是圖個方便，診所將候位的並排塑膠椅、投幣玩具機放上騎樓；便當店、早餐店將煎檯、塑膠桌椅延伸出騎樓；機車行將千斤頂、報廢車輛零件也給搬上騎樓。

接著來用餐、看診或修車的客人，將車臨時停放在機慢車道，於是行進的機慢車和行人只好無奈冒著危險，走上快車道。快車道的車輛也只得小心翼翼，緊貼著人群機車群穿越過街市。

一切都在台灣最美的風景大前提之下，沒什麼好抱怨的。將私利私慾極大化，就是如此這般了。因為當我們貪快圖方便時，也想將汽機車臨停在店家門口，當輪到我們當行人的時候，動線被阻塞，隨時與機車或汽車帶來的交通事故與危險擦身，似乎也沒什麼好抱怨的了。

為了圖自己的方便，犧牲了更多更珍貴的東西。只要求自我私利的保障，別人家的問題管他們去死。於是一切集大成的結果，一切邪惡的最大公約數，或許就成就了眼前這幢雄偉卻不堪一擊的「指標性建物」。

就像那句網路鄉民總愛說的話——你我都推了一把。

●

「最美的風景啊……」蔡副理想起這個反諷的修辭，這時他人正站在指揮中心的臨時帳篷最後方，但從他所站的位置，仍然清楚看到生命探測儀上的光點，逐一熄滅、就此黯淡下來。

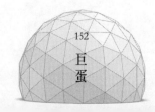

若探測儀沒有誤差，剛剛在地下第二層的「C」區域、靠近「C4」和「C5」緊急逃生出口的位置，至少還有五十個以上的生還者反應，但不知道什麼原因，短短十分

鐘之內，推測可能保有生命跡象的生還者，快速減少了。

應變小組正在討論剛剛這個現象的可能原因，是火勢或濃煙延燒到這個區域嗎？或是建物整體發生傾斜和坍塌？以火勢在底層持續悶燒的狀態下，鋼筋結構層或樓地板層發生毀損，似乎也都不讓人意外了。

蔡副理無力再加入討論，他回想剛剛傳給雅筑的那張設計圖。「C區」的部分，那幾個增設的緊急逃生出口……難道這張地圖仍然不正確嗎？那「巨蛋」內部到底被變更成了什麼模樣？又有誰知道真正的內部圖呢？

更慘的是還好媒體都被隔絕在指揮中心之外，若是有記者目睹到生還者訊號消失的這一幕，可能馬上就要暴動了。各種即時發文、直播馬上被爆料外流，市政府和幸福集團恐怕要萬劫不復。或者說，早已經陷入無法翻身的窘境了。

蔡副理怔怔看著眼前發生的景象，自己卻好像隔絕在一層透明膠膜之內。最後他只想到與「最美的風景是人」這般美好良善的台灣性對立的那句話，「管他們去死」。

但當眼前的「去死」這個咒詛詞成了真正的現實時，我們又該怎麼辦呢？

親身到了現場，副理才驚覺這場災難，遠比他在會議室裡接收到與想像到的，更加嚴峻和慘烈。「巨蛋」的地上層、一二樓的部分，原本是停車場，即便明天才正式開幕，但由於影廳、百貨專櫃都已經有部分開放，遊客加上員工，場內的停車數量大約超過了三分之二。

而在一連串目前還找不到起火點的爆炸之後，大約已經有上百輛的汽機車遭到燒毀，根本難以辨識出外觀了。更慘的是，因為車輛爆炸與燃燒，導致有「A區」、「B區」的出入口無法使用。

「巨蛋」的停車場設計，是當初另一個同樣遭到詬病的難點——一開始依據市政府與幸福集團通過審議的版本，是將一、二樓按照「巨蛋」本體的區域，分為「東側」、「西側」與「北側」三個停車場區域，中間以防火材質與耐燃性隔間來施作，每個停車場各由不同的出入口進出，也能在災害發生時，達到快速疏散、避免人潮滯留的效果。

但實際施工時，三個停車場被整合為同一座，每一層可供停放機車三千五百輛，汽車一千兩百輛這樣一座大型的停車空間。

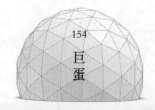

確實，修正過後減省去了出入口車道空間，更省了隔間牆的容積率，讓整體空間規劃更有效率，但正常時間每輛車要進出停車場都必須等待，更何況是當這樣的大災難發生之際。且缺乏隔間的阻斷，火勢很容易就延燒開來了。

還好在事發過後約兩個小時的現在，地面樓層的火勢已經得到初步的控制，也已經有部分消防員依循正確的緊急入口，進入到地下的樓層，展開救援行動。只是……蔡副理想到剛剛的那一幕，生還者被困在「C區」的逃生出口，卻不得其門而出。

會不會真正的變更設計圖，根本沒有人看過？

市長和一級主管幕僚群在帳篷內部，副理只能隱約聽到「有至少四處以上的起火點」，「汽車炸彈」等低語，像公寓樓棟縫隙傳出的鋼琴練習曲。這種911或波士頓爆炸案般的恐怖攻擊層級，竟然發生在T市，這本身就荒謬到讓人難以置信。

「你先出去告訴各位媒體朋友，基於安全考量，目前消防隊只能選擇D區作為救援的進入點。」羅科長說話的音量清晰地傳到了蔡副理站的門邊位置。這句話大概是刻意放大了聲量，為了讓緊貼在門邊的媒體都聽得清楚吧？蔡副理心想。

羅科長說話的對象是市府發言人，是個還不到三十歲的甜美女孩。明明是國難當前，發言人卻還是稍微上了妝，還有精心設計過不至於過分醒目張揚的髮型。

這個擔任市府發言人的女孩，是新媒體、或所謂自媒體出身，換言之也就是從社群網站、粉絲專頁爆紅出來的網美，專做惡搞戲謔的新聞、政治視頻，成為公共論述網紅，接著被挖角成了電視台的政治評論專家。她還曾宣布要參選立法委員，後來大概沒籌夠保證金就退選，緊接著新市長就任，她也就以漂亮寶貝之姿，入主市府團隊幕僚。

蔡副理看著這個年紀不比雅筑大上幾歲的女生，面容哀戚地面對媒體，字正腔圓地說話。她是真的為「巨蛋」裡的罹難者以及受困民眾感到悲傷嗎？或這一切都是表演，一場搞笑視頻，一場仿真的實境大秀？

她對這一切理解多少？從設計圖幾經變更，從消防安檢的瑕疵紕漏，到這背後雖然沒有明確證據，卻肯定有的收賄、關說、舞弊……或者她早就都知道了？

也就在此時，蔡副理覺察到胸口有股滯悶感，就像快速潛入深海，又像眼前的視線忽然覆蓋上一層猶如蟬蛹般的蒼白薄膜。

「消防隊將從D區展開救援。」但這怎麼想都覺得有些奇怪。

確實，施工設計圖經過變更，卻還是將幾處逃生出口和緊急避難通道移為他用，而防煙閘門沒有能正常運作，中控室形同虛設，灑水系統如今也停擺，整個「巨蛋」消防安全的漏洞與疑義實在太多了，從專業的角度思考，如果對工程建築較熟悉的生還者，不，甚至只要有拍到「巨蛋」內部畫面的民眾，被順利救出的話，那麼對市政府未來的執政，那恐怕是嚴重打擊。

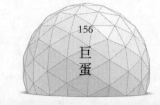

不，何止嚴重。現在的災難程度就已經堪稱非常嚴重了。如果生還者順利從「巨蛋」內部逃出，接受訪問，將內部的消防安檢缺失訴諸媒體的話……市長以及整個幕僚團隊可能得全體下台負責。

「會不會，羅科長不打算再救出生還者了呢？」蔡副理被腦海中閃現過的這個念頭嚇了一跳，全身觳觫起來。那種突如其來的冷顫，簡直像捷運列車進站前所發出的，嗡嗡耳鳴的巨大導盲音。

確實，就算不派員進入滅火救援，待巨蛋裡的空調系統全部癱瘓、氧氣耗盡之後，火勢自然就會減弱，但那裡面還有活生生的人命啊。羅科長憑什麼作出這種決定？

是了，羅科長可以宣稱「巨蛋」影響的不只是其本體，還有捷運。心念電轉，蔡副理想到都營科最有可能對外宣稱的說辭——「因為搜救行動持續進行，造成『巨蛋』底層的鋼骨持續消熔，最後坍崩的範圍將會加大，最後甚至會連周遭的三條捷運路線，六個捷運站體都有崩坍的可能，真的不幸到了那個時候，將撤離附近至少五萬戶居民，影響層面高達上百萬人。」

就蔡副理對T市居民的理解，沒有市民會默許這樣的結局。在一切影響到自己之前，都可以事不關己，但若既得利益受到損害，那說什麼也得對著幹。

別人的孩子死不完。犧牲別人若能保全自己，那說什麼都會同意。一旦這樣的消息散播出去，那就不只是害死一人救五個人的「電車難題」了。每個T市居民等於都坐在那輛即將出軌的電車之上。

那麼，誰還會在乎「巨蛋」裡受困的幾十個人呢？那比例太懸殊、太輕微了。歡迎光臨鬼島。

但實際上要怎麼做？放棄救援之後，工程人員進駐，直接灑滅火藥劑，然後就地掩埋，就像電影《侏儸紀公園》似的，就此當作這座地底巨大蛋殼從來沒有出土過？

蔡副理想著這樣的畫面——怪手、水泥車、重機械吊臂圍繞著「巨蛋」四周，接著拉開閘門，從攪拌車裡灌入泥漿，將整座建築物本體，加密了的公文，設計圖和所有的祕密就此掩埋。

而這個祕密還包括自己的寶貝女兒雅筑。

等等，想想這還不太可能吧，這幾乎已經無人性可言了。但蔡副理在此時，反倒覺得這個缺乏人性的盤算，意外非常符合市政府都營科與幸福集團當前的利益考量與政治盤算。畢竟整件事發生至今，一連串的機密、算計和利益交換，根本看不到絲毫「人性」的痕跡。

不不不，應該說這才是人性。貪婪、邪惡、文過飾非，最美的風景。如果把「人性」放進算式的括弧，輾轉相除，開根號，因式分解，差不多就是這些充滿負能量的詞彙了。

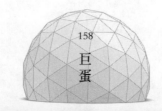

只是，如果真的是這樣，那麼雅筑生還的機率就會更加渺茫了。

機率啊。蔡副理這時荒謬地覺察，機率其實是他的專長。他原本待的行銷部，最主要的工作就是運用機率、財報、各種浮誇的曲線圖，好用以計算損益、運算盈虧。

只是當機率被作為參數，放進電腦軟體程式裡運算時，到底是什麼樣的方程式呢？估計倖存者逃生的速率，推估耐燃材質的良率和不良率。鋼骨結構有多少機率達到銷熔的燃點？

再來就是，當這場惡火燒盡撲滅之後，雅筑獲救的機率是多少？罹難的機率又是多少？而自己得以承受痛失愛女的機率是多少，徹底崩潰如爛泥委地的機率又是多少呢？

就像那則量子力學的思想實驗，只有一種機率，不是幸福結局就是悲慘結局，各百分之百，沒得選擇。

蔡副理忽然很想衝進指揮中心內部，朝著羅科長狠狠揍一拳。雖然這整個指揮中心裡面，最沒資格做這件事的人，大概就是他自己了吧。

怎麼辦，該怎麼拜託羅科長、或該怎麼威脅他千萬不要放棄救援？

「等等，不是還有我在嗎？」蔡副理像作出什麼重大決心似，倏然站了起身。十分鐘前傳過去雅筑那台平板的訊息，旁邊還亮起了已讀的字樣。雖然也不排除有其他人拿走或搶走平板的可能性，但蔡副理堅信也感覺得到，雅筑目前人還活著，且應該還能自由行動。

那麼，就不能讓救援隊伍只是從D區進入「巨蛋」救援，因為雅筑應該會聽自己給她的指示，前往A區的逃生出口來移動。而從結構底部燒熔的狀態來推估，要在整座「巨蛋」坍塌之前，從幾乎是對角線的A區，回到搜救隊伍所進入的D區，這幾乎是不可能的事。

「雖然做錯了很多事，但現在還來得及。我必須做些什麼。」

「現在一切都還來得及。」蔡副理像默念什麼祈禱經文似的，低聲默念著。

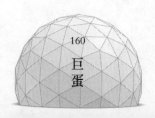

5 災後一〇五分鐘——淑真

「你們到現在還沒發現嗎？中控室的設備怎麼會完全沒反應？」在這兩個高中小女生進到控制室之前，我已經先將電源線路給剪斷了。她們倆大概想不到，就在我這個粉色系的女用提包裡面，放了一支搞破壞專用的老虎鉗。就放在我這個從女大生到輕熟女都愛用中價位法國品牌的水餃包裡。

就連進場時的安檢警衛，看也沒看我這個水餃包一眼。

「你們大概也想像不到吧，其實在『巨蛋』放火的人就是我。我只是將灌了氫氣的氣球帶進去影廳而已，就這麼簡單的事。」

我前幾天上網查詢過——相對於高活性氣體如氫氣，不易燃燒的氦氣被稱為「惰性氣體」，因此，近年主管機關也都要求販售告白氣球的業者，不得再填入氫氣，而必須以氦氣取代。

但只要稍微測試一下，終究買得到黑心使用氫氣填充的告白氣球。我想對於台灣人這種偷工減料的天性，人人聽了都不會太意外吧？只要原料價格壓低，就算是黑心化學用油也可以當作食用油來添加。只要售價更便宜些，食品內添加了什麼難以想像、更難以用分子式表達的物質，業者也不會在意。反正吃的用的都不是我，被當場抓包的機率微乎其微。

這種貪婪與惰性，可能就是網友酸酸諷諷地，將台灣謔稱為「鬼島」的原因吧。

惰性氣體，哼啊，我想起現在已經離我很遙遠的老公，想起他那些熬夜加班，在暗夜裡電腦桌前拚命工作的時光。他應該與「惰性」這個形容詞相去甚遠吧。

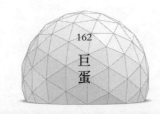

「你們知道嗎？我老公本來是『大心機電』消防安檢課的課長。」我對著兩個高中女生說。當然，我知道她們跟這件事一點關係都沒有。但這也沒關係。沒有人是真正的無辜者。沒有人是局外人。

「大心機電」是他畢業後做的第一份工作，即便我們在學校時就認識，但直到找到這份工作，「論及婚嫁」這四個字的成語之於我們，才開始有了意義。

我還記得老公上班的第一天，回家前先找了我約會請客。他穿著深藍色工作服，頭上戴著寫了「大心機電」白色工地帽，一副就是做粗工階級的裝扮。但比起那些西裝筆挺的白領菁英打扮，其實是業務或房仲混充的男人，我覺得他可愛多了。

「我覺得很適合我。」記得當時還不是老公的他，指著這頂工地帽這樣跟我說。工地帽後面寫著他的血型，「B」，按照命理書說的，穩重踏實，不會追逐不切實際的夢想，就是有點固執任性，還有點不知變通。

「大心機電」除了替商辦大樓架設並檢測弱電系統之外，也承包消防安檢的業務。我這樣說應該已經很清楚了。因為兩年前「巨蛋」爆出變更設計圖與消防安檢未能過關的消息，於是找上我老公的公司，而當時他正是消防安檢課的課長，這項業務由他來負責。

至於接下來發生的事，我想就算是高中生也能輕易推理出來。甚至稱不上什麼推理。

「大心機電股份有限公司……我好像有聽說過耶。」高中女生之一的雅筑若有所思地說。對了，這個叫雅筑的小女生，她老爸就在那個跟垃圾沒兩樣的幸福集團上班。

「啊，對，兩年前新聞也有提到過，就是『巨蛋』重新復工，後續的安檢就委託給『大心機電』來進行檢測。」

「所以說，難道是因為，後來『巨蛋』的安檢仍然有問題，後來幸福集團乾脆來陰的，威脅負責人讓安全檢查過關……結果，負責人就是淑真阿姨的老公？」雅筑隔壁那個腳受傷了、小麥膚色的女生，似乎比想像中還聰明一點，這差不多就是事件的原貌。

「就是這樣沒錯。自從兩年前遇到交通意外之後，我先生直到現在還沒有清醒過來，昏迷指數一直停留在三到四之間。也就是所謂的植物人。」我深吸了一口氣，雖然早已接受這樣的現實，但現實人生終究不是什麼八點檔鄉土劇。檢測心搏、血氧、氣切的管線，抽痰的幫浦，都是真實存在的。深夜病房裡儀器的冷光面板，輕微的光點閃滅，那可不是鄉土劇裡隨便接個軟管、透明膠帶黏上喉嚨就可以模擬的。

「等等，這，事情不一定是這樣吧。雖然我不清楚我爸在幸福集團底下到底負責什麼業務，還有『巨蛋』到底有沒有做這種黑心勾當，但把人害死，害到出意外等等，這會不會太誇張了？又不是八點檔。」

「你不相信背後的陰謀也很正常，我去警察局和他們談過好幾次，他們也是這樣告訴我。『法院講的是證據，不能用小說用連續劇的情節和推測來辦案。』」

「對啊，就算電影裡都把大公司演得很邪惡，動不動就派出黑衣人把人推下軌道之類的。」

「但那幾個月，我先生神情都很緊張，出門回家都疑神疑鬼，問我有沒有人跟蹤他

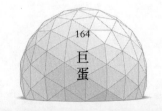

或打電話到家裡來。」

「那有嗎？」筑琪問我。比起雅筑，她講起話來似乎更直率。

「我沒有特別注意到有人跟蹤，但那幾個星期，家裡經常接到無聲的電話。」

「也可能是打錯或競選拜票的電話吧。就只憑這樣，阿姨你就在開幕前一天，進到『巨蛋』裡面來縱火……這未免也太誇張了吧。」

「不，當然不只這樣。關鍵是幾個星期之前，我收到一封匿名信，信裡什麼都沒寫，只有一份附件，是一年多前『大心機電』消防安檢課內部的會議紀錄，大意是說『幸福集團』變更過後的施工圖，各項安全設施都經過檢驗，確認無虞。但上面少了我先生的簽名，而是由副課長職務代理。」

大心機電的課長算是組織內部的第二級主管，再加上我老公平時的認真出勤率，絕對不可能無故缺勤由其他人代理，尤其是這麼關鍵的會議。接下來沒隔幾天，他就出了意外，過馬路時違規穿越遭到對向來車撞倒，就此失去意識。

「只是會議紀錄而已，也算不上什麼證據啊。」腳受傷了、名叫筑琪的女孩，楞楞地複誦。

但不可能，會這樣動員全公司力量，找黑道買凶對付我老公的大財閥，只有可能是

「幸福集團」，想到那個尖嘴猴腮，長得像小夫的總裁，我就恨死他了。

「先不說證據這些了。可是淑真阿姨，不管你跟我爸的公司有什麼恩怨，都跟我們兩個、還有剛剛被你害到嗆暈昏迷、過世的民眾沒有任何關係啊。」

「對，很多人被你害死了你知道嗎？」兩個女高中生擺出正義魔人的姿態質問我。

「這些重要嗎？我只要我們家回到以前，回到意外發生之前的模樣。我也不求他當什麼課長，負責什麼指標性建物的專案了。我只要跟以前一模一樣就好。但是已經不可能了你們懂嗎？」

「可是阿姨，我們與整個世界本來就一直都在改變啊。有時候我們真的只能接受那些意外。就像今晚的這場災難。」

「你們懂什麼，不過是高中生罷了。」我其實也不是真的生氣，其實靜下心想想就知道她們說的沒錯。只是我的時間河流從此靜止了。那些飛行的光痕都被拋到很遠很遠的後面。但已經太遲了，我已經回不去了。

「總之我們所有人，都不用離開這裡了。今晚過後，我們就會和『巨蛋』一起消失。」我拿出背包裡的工具，用力砸向中控台的面板，火光噴濺出來，猶如那些流逝的一去不返的時間隱喻。

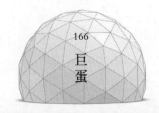

「阿姨你搞什麼啦？這樣我們就沒機會逃出去了。」雅筑衝過來想制止我，用力撞向我，我們倆翻倒在地上。因為貼近地面，我聞到了隱約的燒焦味，這是濃煙嗎？火勢終於擴散到了地下二層嗎？所以由我幹下的這次縱火終於成功了吧，整座「巨蛋」就會付之一炬，而消防安檢不堪一擊的幸福集團，應該也會隨之倒閉吧。

好了。行了，這樣就夠了。我的任務到此完成。其實說到底，我本來就是扮演這整個計畫的掩護角色。

「等等，雅筑、淑真阿姨，你們沒發現一件更重要的事嗎？」筑琪跛著腳、奮力跑到我倆身邊，努力拉住雅筑。

「淑真阿姨被人家利用了。重點是，她根本不是縱火事件的主謀，只是從犯而已。有人慫恿她在影廳點火。」我被筑琪說的話吸引了注意力，停下工具破壞的動作。

「筑琪你的意思是說？火其實不是阿姨點燃的嗎？」

「我想淑真阿姨應該只是這次縱火計畫的其中一個部分，而且她是所謂的幌子犯人。畢竟只憑著告白氣球，只能造成瞬間爆炸意外，沒辦法持續燃燒。而且你想想看，我們所在的表演廳，距離影城還有好幾百公尺的距離，怎麼可能好幾處地方同時點燃？」

「你們想太多了，我就是縱火的凶手。」名叫筑琪的女孩真的比我想像中更聰明機伶。但也無所謂，我其實還有另外一個任務，就是跟著這兩個女孩一起進入中控室。不管怎樣，這次對幸福集團的報復計畫，是我們贏了才對。

就在我稍微鬆懈下來的這一瞬間，雅筑衝過來想要抓住我手上的老虎鉗。為了不讓她搶走我的武器，我的背包翻倒，包括束帶、辣椒水噴霧這些我想像可能用到的恐攻配備，全都掉了出來。

「走開，你們不要碰我。」我拿出背包裡掉出的另外一樣武器，其實也只是刀刃長十五公分的陶瓷刀而已。「我就是這次行動的主謀，而且我要『幸福集團』在這裡，為我們全家付出代價。」

「筑琪，我覺得呼吸變得好困難喔。算了，我們不要管阿姨了，她愛怎麼破壞就讓她去破壞，總之趕快離開這房間。」

煙霧確實越來越濃烈了，眼前的景物開始模糊。但另外一個女生筑琪卻往我腳邊匍匐過來。

那是、啊，是雅筑她爸留給她的平板通行證。那是唯一正確的地圖了。她們想拿地圖逃生。

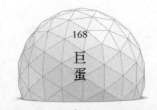

我忽然覺得好生氣，一切都不可原諒。即便不在原本預定的計畫之中，但我一時衝動就想伸手過去搶走這台平板電腦、毀掉裡面那張逃生用的地圖，讓這兩個小女生也困在這整棟萬惡的「巨蛋」之內。

但腦海的影像一瞬浮現出我們家以前的模樣。我跟老公、跟小達，三個人坐在照相館，那最後的全家福。時間都像正在飛行的光線，像隧道裡每次光瀑穿越過擋風玻璃的水波瀲灩。

為什麼非得是我們家遭遇到不幸？為什麼？明明同樣是十七歲，小達也是十七歲啊。青春正盛的十七歲，勇敢善良的十七歲，無敵無畏的十七歲，將光線都甩在身後那般飛行著的十七歲。

世界裡沒有黑暗，沒有陰謀算計，也沒有報仇雪恨的十七歲。

終於我決定放棄了。將腳邊的平板奮力踢過去，踢向那兩個女孩的那一側。我就這麼癱坐在中控室的座位，看著周遭煙霧瀰漫。看著她倆壓低身體，相互攙扶著離開了房間。

她們能逃出去嗎？又或者說，如果這個世界就是那麼一張邪惡的蛛網，充滿了讓我們痛苦、受傷、流淚的災難、悲劇與意外。

在即將昏厥的前幾秒鐘，我想到了故事另外一條線索。如果那場車禍真的是意外呢？如果老公真的被幸福集團矇騙，就讓這樣千瘡百孔的建物順利過關呢？或更黑心一些，連他都收受了幸福集團的賄款，讓這樣的黑心工程能夠通過檢驗……

應該不可能吧。我想著老公熬夜加班後回來，坐在餐桌前吃著湯麵，猶如孩童般的燦笑。我想著和他初次約會，肩並肩走在河堤的傍晚。草地裡閃閃熠熠的螢火蟲，空無一人的操場，遠方響亮的鐘聲，說好了要一生一世的諾言。還有應許的家。

老公，我們來世再會，我一定會再找到你。穿著工作服、戴著工地帽，滿手黑油卻自信又自豪的你。看著電視露出滿臉認真表情的你。相信我們的城市即將落成一棟最偉大建築的你。

請你一定要等著我。在我們下一世相逢以前。

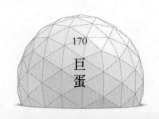

6 電視機

「搜救人員已經順利破壞緊急逃生鐵門，進入到地下樓層內部。而怪手也正在清除『巨蛋』地面一、二樓因爆炸而燒毀的上百台車輛，以便清出一條救援的道路。只是目前還無法判斷生還者集中在『巨蛋』的哪個區域。

「由於『巨蛋』占地廣大，消防員目前是選擇從『巨蛋』的中央區域，也就是停放車輛較少的D區進入，但根據生命探測儀的判讀，較可能有生還者的區域，應該是在A區與B區的部分。

「根據第一時間逃出『巨蛋』的民眾向記者表示，聽到第一聲爆炸聲響，距離現在也已經將近有兩個小時。現在遲遲沒有任何場館內部的消息與畫面傳出來，這也讓聚集在『巨蛋』外等候的家屬都心急如焚。

「目前消防隊研判，『巨蛋』地下三四樓的火勢完全沒有得到控制的跡象，自動灑水系統裡面的殘水也都已經消耗完畢。根據土木技師公會人員的現場測量，『巨蛋』的底層結構可能已經遭到了破壞，因此，地下樓層的樓地板與鋼梁隨時可能坍塌。

「由於『巨蛋』所在的地底，還有都心線、東區線與環形線等捷運地鐵線共構，根據本台掌握到的消息，T市的市營捷運公司和灣鐵也在今晚緊急作出決議，封閉了東區、東南區周邊的六個捷運站，估計大約有十五萬市民的通勤將受到影響。T市府也派出超過百輛的公車進行輸運與接駁。何時能夠開放通車，捷運公司並沒有給出明確的答案。

「捷運公司表示，由於捷運站與巨蛋縫隙間仍有安全間隔與防護牆，捷運線與站體應該沒有立即性的危害。但根據知情人士透露，如果『巨蛋』內部的火勢與高溫在這幾小時內仍無法撲滅，那麼周遭捷運站體的防護牆也可能有消熔的危險。且據本台消息，『巨蛋』周遭十幾位里長都已經收到T市內部密件，隨時有撤離里內居民的準備。

「各位觀眾可以看到，在距離遭到縱火的『巨蛋』兩千公尺以外的幾戶大樓，陸續有居民推著行李箱準備撤出，即便T市市長在媒體上宣告請附近市民放心，經過土木技師的判斷，就算『巨蛋』鋼骨消熔，周遭也並不會有地層陷落或坍崩的情況，但部分媒體的報導，還是引發附近居民集體的恐慌。目前整個區域交通可說是一片混亂，宛如《屍速列車》的末日場景。這場浩劫何時能夠平息？本台記者會持續為您關注、守候。」

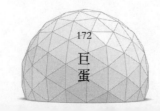

第四章

死貓與活貓

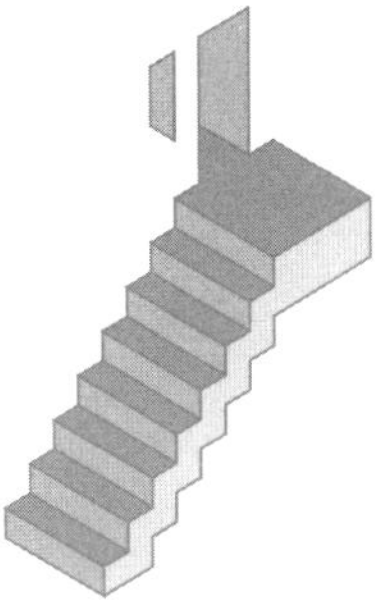

1 災後一百一十分鐘——德宇

「這到底是他媽的什麼建築，什麼狗屁逃生出口啊，拎北我媽的都活到六十歲了，這種神奇的建築構造，倒還是第一次看到。」阿伯走在我和家樺前方約一公尺的距離，喋喋未歇地怒罵著。

沒錯，我們這組「相信人生沒有跳不過的關卡」的正能量隊伍，全身的正能量大約只維持了幾分鐘，竟然又再度卡關了。

好不容易、百死千難給我們跳過了剛剛坍塌的電梯井陷阱，進入緊急逃生出口，但樓梯竟然只能通往地下一樓。即便我讀過建築系，修過「建築設計」、「建築實務」、「建築圖學」等等必修課，我還記得圖學的最後一學期，還因為製圖力發展不出來，在製圖檯上熬了好幾晚，最後仰仗著佛系教授的佛心修養，低空飛過免於被當而三修的命運。

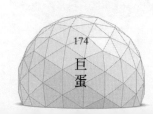

但我實在想不透會有這樣建築物，勾擘出這樣怪異的結構與設計。編號「A2」的緊急逃生出口，經過四次轉折迴旋往上層的樓梯之後，就忽然中止了。而從盡頭的安全門出來之後，我們仍受困在「巨蛋」地下一層。說真的，這裡的情況比地下二層好不到哪去，我們依舊沒有逃離火災現場，而整層樓因斷電的緣故依舊處於漆黑狀態，大部分的緊急照明燈都無法正常運作。

我真的很難想像這幢大型建築物、即將要在明天，或更嚴格且精確地來說，是在幾分鐘後的十二點整，就要正式迎接開幕。從各方面來檢核，就連我這個外行人都看出來，各項消防安全設施都非常簡陋、草率、不符合標準。

如果考量我過去租房的經驗，T市隨便一棟快要被都更的，那種以木材以輕隔間隔成十幾間的租賃套房，似乎還比這裡安全一點。我想起學生時期，自己租賃的那條被暱稱為「同居巷」的街弄。

因為無良房東貪婪地將他原本三房破爛公寓，改建成七八間三四坪大的套房，木板隔間除了毫無隱私可言，連出入安全梯都窄到上下樓梯時、得要半側著身才能通過。但想想自己當初幹嘛捨棄四人房的宿舍，跑去租到這種黑心套房啊？或許當然自己還在幻想著，就如同那些吃很開的學長傳聞，上了大學就撩妹力滿點，交個文學院的馬子，然後纏纏閃閃、風光出入同居巷。

我想著在另外一個時間蟲洞裡的德宇，或許真的達成了自己當初到不了、幾萬光年遠的星雲吧。每晚從實驗室、拖著疲憊身體，回到孤獨雄獸的套房，看到女孩子身著圍裙，從房內探出頭來，小套房深處的電磁爐，飄散馥郁奇香。

那女孩的臉和記憶裡的明晴重疊，讓我再次警醒，這不是真的，這只是我幻想的另外一個時空斷面或潛意識殘餘。

●

沒辦法，既然仍受困於整座薄如蟬翼卻又堅不可摧的蛋殼內，我們只好繼續苟延求生。

我們像RPG遊戲裡中了詛咒術、鬥志與耐力幾近歸零的戰隊，繼續展開勇往另外一層樓的探索。我們所在的區域似乎仍是商場，但四周漆黑，實在看不清楚是哪個櫃位、賣的是什麼東西。直到走在前方的阿伯踢到一本疑似書本的物體，那本書滑到了我的眼前。

是本勵志書，書名類似什麼《我堅持不放手，直到走完夢想這條路》之類的。是啊，當什麼夢想被具象化成逃生之路的時候，簡直與繁華夢境沒兩樣。

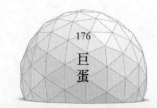

不過原來這邊是商場裡的書店，我懂了。

我跟家樺小心翼翼繞過傾斜的書櫃，還有擋住動線的書架。滿地的書大概是剛剛遊客失控逃生時，推擠而從書檯前掃落的吧？漆黑無光的書店裡，我再也看不清楚書名，但我卻想到更荒謬的情境——會不會未來有朝一日，我們今天遭遇的這場災難、浩劫，也被寫成書，報導文學或虛構小說，然後找來倖存者娓娓道來，那晚他如何劫後餘生，如何面對日後的創傷症候、回憶與苦痛。

會不會有真正的市政府內部員工、或幸福集團的高層，退休後來寫一本祕辛大爆料的書，關於收受回扣，藉勢藉端強索贓款，在建造時如何偷工減料，如何打通關節……

然後我想到了更荒謬的——如果真的有這樣一本書出版的那一日，我們這幾個人也會成為書中的一部分嗎？或者是更後設來說，眼前這些難以置信的崩毀、災難與失控，其實也不過是某部小說某一個章節裡的一段截面。

像每個國小學童都做過的自然課實驗，吸了紅墨水的根莖，行毛細作用，整個橫剖面像血管似的布滿紅色汁液。

「媽的，現在不是生氣的時候。我們先想辦法穿過這間書店再說。這間連鎖書店很大，另外那一側應該會有別的出口。或許有其他的逃生出口可以通到地面的樓層。」似乎就連疑似受過特殊訓練的阿伯，這回都有點不太確定了。沒辦法，誰教我們進了這棟明明那麼溫馨和煦，猶如童話繪本裡美輪美奐的故事中，卻一瞬間變成災難喪屍類型的小說。

不確定是前方或下方，不斷地傳來鋼筋或水泥石塊的墜落聲。我猜地下四樓與三樓的鋼筋應該已經開始燒熔了。那麼接下來，就是「巨蛋」要整層坍塌了。

我不太了解消防隊或救難人員的標準作業程序，但若「巨蛋」真的有坍塌危險，救難隊員恐怕會先行全數撤離，避免造成更大的災難。

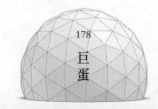

那麼意思就是——我們就被放棄了。不管是被濃煙嗆暈然後窒息，隨著坍塌的場館墜落地底，或者是還有意識之際，就這麼墮入深淵、被底下熊熊火舌給吞噬。我們都已經成了棋盤裡的棄卒。

不知道這間連鎖書店的書又會怎麼樣？我記得大學時修過一堂歷史通識課，老師介紹到「焚書」這個歷史事件。我們都知道的秦始皇「焚書坑儒」，只是中國歷史上的第一次焚書。更大規模的焚書事件，據說是六朝時代梁朝的最後一個皇帝梁元帝。

梁元帝是個對於知識和書籍非常情有獨鍾的愛書人，更是藏書家，據說他當時藏書多達七萬冊。後來他又將收藏於都城的七萬冊圖書，搬移到了他的根據地江陵。於是他坐擁天下最多的十四萬冊藏書。爾後西魏攻陷江陵，在城破之際，他決定將這十四萬冊圖書全部不留、一次都燒毀。於是我們現在讀到的六朝之前的書籍，才會如此殘缺亡佚不全。

這些記載了滿滿文字與知識的書籍，被烈火焚燒的時候是什麼模樣呢？書頁蜷曲，竹簡崩裂，油墨變色，煙霧裊裊四處瀰漫。

那該是多悲痛多無助的意象啊？

「那邊，有人在那邊。」我還耽湎在不切實際的歷史課回憶裡，忽然被家樺呼喊聲喚回真實世界。

家樺指著遠方的轉角，那白晃晃的微光確實像來自於手機的照明光線。是其他倖存者嗎？如果倖存者累積到一定數量，或許消防隊員還是什麼國軍會願意挺進到這裡，展開救援行動也說不定。

「天哪，家樺是你，你還活著，太好了。」直到終於得以辨識臉孔的距離，對面傳來女孩的聲音。

「還有老伯和宅男大哥哥，我以為你們已經離開『巨蛋』了。」雖然還是看不太清楚，但聽聲音確實就是剛剛那兩個高中女生的聲音。她們也逃出地下二樓了嗎？雖然值得慶幸，但我們終究還是被困在「巨蛋」裡面啊。

我又想起那堂歷史通識課，老師講的另外一個典故。後來結束南北朝分裂的隋煬帝，耽溺享樂，還特地蓋了一棟稱之為處處有機關、密室的「迷樓」，據說迷樓有上百個房間。隋煬帝不只在迷樓裡縱情聲色、酒池肉林，更在享受迷路的過程本身。

享受迷失的過程，如今跟我們受困的團隊相比，這樣的享樂未免也太奢侈了。

在真實經歷過這樣的人生浩劫長達兩個小時的現在，我有了一個新的體會——為什麼我們會覺得「遊戲」好玩，是因為所謂的遊戲是建立在確保一切安全之上的。遊戲裡我們不會死更不會受傷，於是我們才得以產生出真實的快感。

這也就是為什麼我們會花錢買門票進入迷宮，卻不願意真正因迷路而迷失。因為真正的迷失太令人恐慌了。表示我們必得遭遇與摯愛之人或深愛之物失散與分離。

循著微弱的手機光源，家樺加快腳步，避開散落滿地的書籍，就這麼奔跑了起來。我也跟著興奮了起來，跟著加快了腳步。雖然我今天才初次見到那兩個高中生，甚至記不起來她們的名字。但我仍然為此感動不已。

畢竟在這座猶如迷樓和迷宮的蛋形建物裡，我們竟然還能找到彼此，這樣的巧合真的太幸運也太難得了。

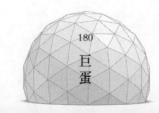

2 災後一百一十分鐘——老貓

如果到了這樣的年紀，有人繼續跟我說什麼幸運或巧合，我會覺得那要不是詐騙集團的話術，那肯定就是在唬爛。

果然沒錯，當那個高中男生家樺拿出那台、與剛剛儲存地圖那台一模一樣的平板電腦時，我就知道這一切壓根不是什麼幸運或巧合。

他那台平板、與名叫雅筑的高中女生的平板，顯然有連結與GPS定位的功能。也就是說，家樺跟著我們從地下二樓逃到地下一樓的過程中，一直在追蹤他的那兩個同學。這只有兩種可能，一則是家樺非常關心她們的安危。但這一個可能機率實在不高。因為若家樺關心同學安危，他大可以直接使用平板發送訊息，以確認那兩個女孩的位置。

另外一個可能就是，家樺從我們剛離開那間會議室，就開始追蹤他那兩個女同學的行蹤，並且當我們隊伍被防煙閘門切斷、不得不分頭行動之後，他仍然要隨時掌握她們的位置。

不，這樣說不夠精準，我推測防煙閘門之所以降下，可能跟家樺有著密切的關係。更進一步來說，我想家樺從一開始，就希望能夠掌握目前還受困於「巨蛋」之中的、所有生還者的位置。

●

時間倒轉到五分鐘前，我們幸運地和剛剛失散的那兩個高中女生會合。聽她們說我們六人隊伍分散的這段時間，密集發生的事——包括地下二樓的其他生還者由於逃生無門而悲慘罹難，還有中控室裡她們和那個叫淑真的女人展開大對決。

按照她們兩女孩的說法，淑真竟然是引發這整場災難的凶手。但我怎麼看都不太像，根據我的推測，淑真女士恐怕只是整個陰謀的一枚棋子而已。

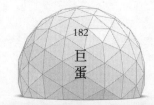

我推斷的理由有兩個，第一，照雅筑她們的轉述，淑真只是在影廳、也就是所謂單一區域進行定點縱火的行為，一般來說在缺乏助燃物的情況下，不太可能造成這樣大規模的延燒；其二，發生火警到現在已經將近兩個小時了，但搜救人員竟然遲遲沒有到

達，可見搜救隊伍連「巨蛋」地下層都還無法進入，那麼地面肯定也發生了嚴重的災情，影響到搜救隊的進度。

至於淑真所說的，關於她先生的意外，我雖然有些同情，但又覺得這未免也太小題大作了。如果淑真的先生真的負責這種大型建物的消防安檢，若沒有做好與黑白道斡旋，遊走在收賄、關說等暗物質灰色地帶的心理準備，那真的是太傻太天真，也確實可能有生命危險。

即便從啟蒙時代之後，人類開始追求理性思維與自我價值，但說到底，個人終究是整個機器、社會，或者我們所說的「體制」運轉時的一枚齒輪、或一顆螺絲釘。這本質上聽來很荒唐，但這就是人類這種生物的特徵。

由一群人所構築成的群體或組織，為了集體的利益、顏面，有時就是可以犧牲個人的權益、福祉，甚至身家性命。就像我們所受困的這座「巨蛋」，即便底層的鋼梁都已經燒熔、扭曲，但還勉強支撐其他外觀的完好模樣。當那些無論好壞的個體，危險到集體的價值時，就必定得被吞噬，就像失控的標靶藥物，將癌細胞與健康細胞同時給殲滅。

以前我還在「梅園」的時期，看過太多類似的案例。那種堅持不願同流合汙的同僚，下場比她先生悽慘的受害者大有人在。

邊聽兩個高中女生說著——淑真怎麼切斷中控室的電源，怎麼向「巨蛋」以及「幸福集團」進行復仇——的同時，我從雅筑手中接過她老爸那台平板電腦，重新下載並展開螢幕內的地圖。由於「巨蛋」埋入地底的建築物，分成東側的A、B區，西側的E、F區，以及中央的C、D區。而C、D區部分有連通道，但考量地下二樓已經處於正在坍塌的狀態，我們想要通過C區或D區往另外一邊移動，恐怕是非常危險的舉動。

也就是說，我們能選擇的可能性非常少。A區和B區的幾個逃生出口，我們剛剛都已經走過了，剩下的幾個逃生出口，到底哪幾個才能真正通往地面一樓，實在說不準也靠不住。

這真是太扯了，簡直就像遊樂園那種敲地鼠的遊戲，下一刻哪隻地鼠會從哪個地底甬道潛伏而出，完全無法確認。

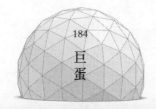

「那個、大家聽我說——我一開始去地下三樓的演唱廳之前，有來過這間書店逛了一圈。印象中書店內部就有一扇緊急逃生出口，雖然不確定是不是真的可以逃出去，但我建議我們可以一起過去看看。」原本一直在後方怯生生的家樺，這時忽然加大聲量，提出他的建議。

「但那個出口是真的嗎？我覺得不要想得太樂觀比較好。」我並不是故意要吐槽這些人，但經過這些誤試，我有種不祥的預感，再加上時間對我們越來越不利。

「好，我相信家樺，我要跟他走。」那個叫雅筑的女高中生，顯然對這家樺有些好感。如果用年輕人的用語，這是所謂的「友達以上，戀人未滿」嗎？不過有時也正因為這些飽含青春和戀愛的蛋白質與費洛蒙，讓人失去理智、讓人目眩神迷，誤以為自己無所不能。

「家樺，走吧，我來幫你照明。」雅筑邊說邊打開她手機上的手電筒功能。

「對了，雅筑，你的手機怎麼還有電啊？」雅筑隔壁那個、剛剛受了傷的女生問她。看得出來她受傷的腳踝嚴重腫脹。

「喔這個，這是淑真阿姨的手機啦。剛剛我要去搶回我的那台平板電腦，連阿姨的手機一起拿來了。」

「啊，是真的，真的有安全門耶。」沒幾公尺，我們就發現了緊急逃生門，上方的螢光綠告示牌顯然也已經失效，那盞應當遠遠亮起的「Exit」出口，宛如裝飾般懸掛在我們頭頂。

只是幾秒鐘之後，我們又遇到了新的問題。

那個逃生門後面，是一間大約兩坪大的避難室，而那個所謂的「緊急逃生出口」，與其說是出口的地方，更像是施工用的管線通道與維修孔。

在維修孔的外面，是一扇類似變電箱的鐵門，雖然沒有上鎖，但打開之後有一條通道延伸到上方，必須先跳進維修孔對面的逃生梯，再手腳並用往上方移動。

對於像我這樣受過訓練的人來說，這樣的逃生方式都還有些吃力，更何況是德宇這般有些行動笨拙、ＢＭＩ值超標的宅男，還有兩個高中小女生。

「不然這樣，我們先讓一個人出去求生如何？畢竟不快點不行了，這邊隨時可能坍塌，而且濃煙應該也很快就會蔓延到我們這邊這層。」家樺在一旁催促。總覺得他忽然變得饒舌多嘴起來。在「梅園」接受過測謊與偵訊相關訓練的我，感覺到有一些異常的氛圍。

不過或許是一連串意料之外的災難，讓我的警戒神經有一些疲乏。以至於沒有更早察覺家樺的異狀。

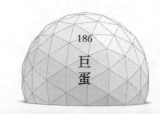

「那個，你們看也知道，爬高對我來說實在有點困難，而且這個維修孔的大小，我這樣的體型好像也不太可能進入。不然，我看家樺和阿伯先爬好了。」德宇在旁邊說著，但家樺顯然沒有先進入維修孔的打算。

沒有猶豫的時間了，還是由我爬上去尋求救援比較快。就在我進入維修孔之後，隨即聞到底下傳來的濃煙。還好我早有準備，我將之前火災剛剛發生的前幾分鐘，就地取材利用手邊廢棄物製作的簡易型防毒防煙霧面具給戴上。

「欸筑琪你看，淑真阿姨的手機有訊息進來耶。……『小達』？阿姨剛剛好像就說過這個名字。」

「等等，雅筑，讓我看看通話紀錄與訊息欄。」健康膚色的女高中生將淑真的手機給拿了過來。

「雅筑你看看這些，還有這支電話號碼。」我隔著管道間，聽到筑琪用顫抖的聲音說著。

「欸，欸，不會吧，家樺，你之前就認識淑真阿姨嗎？『小達』這個帳號用的登錄帳號，不就是你用來註冊ＩＧ的信箱嗎？好幾個限時訊息都被收回了。還有即時動態現在也看不到。」

「對了筑琪，附件還在，點那個附件看一下。『第十七影廳，起火裝置。』不會吧？等等，我不相信。所以家樺你才是『巨蛋』縱火案的主謀嗎？」

我聽不太懂她們講的什麼ＩＧ、即時動態、限時訊息這些名詞，但我一瞬間就聽懂了，他媽的，顯然這整件事，跟那個高中男生有關係。

我幾乎跟家樺同一時間展開行動，我往下滑，準備用身體卡住剛剛進入的維修孔鐵門，但還是慢了家樺的動作一步，門發出「咔」的一聲，接著被由外而鎖上了。接下來的行動，是我從他們幾個人的對話進而推測出來的。

「欸，家樺，為什麼你也有一台跟我一樣的平板？」雅筑說。黑暗裡我只能憑藉自己的推測，推敲出這一切的經緯與龍骨。

我猜家樺恐怕監控著「巨蛋」裡的每個生還者，且從在會議室的時候，他就在以平板電腦進行追蹤了。而我們會被防煙閘門給阻擋，還有大群生還者會被引到C區的死胡同，恐怕都在他的計畫之中。

只是家樺大概沒估算出有我這個受過國安特勤訓練的人士，也混跡在生還者隊伍之中，於是剛剛會合之後，他就打算將我這個不可控制變因排除，於是才千方百計呼攏我們，來到這個猶如密室的儲藏室，並且將我誘騙進入了管道間。

只是他大概以為不出幾秒鐘我就會被濃煙嗆暈而跌落，他沒有算到我自製了防毒面具用來過濾濃煙。

「對，雅筑，其實還有很多你不知道的事，就像剛剛進去維修管道的那個阿伯，他現在應該已經被濃煙嗆暈了吧。」

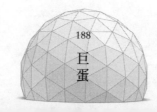

「哇靠，家樺小弟，阿伯剛剛救了我們耶，你忘了嗎？你不會這樣忘恩負義吧？」德宇這時終於發出聲音。

「對，我當然記得。但一碼歸一碼。而且你應該也看得出來，阿伯受過特殊訓練，也算是政府機關的人員，那麼，他死在『巨蛋』裡也是罪有應得。」

「家樺，你是中邪嗎？還是跟剛剛淑真阿姨一樣吸太多濃煙腦子壞了？你清醒一點好不好。」

「我沒有中邪，而且意外地我現在非常清醒。你知道嗎雅筑？在我們來聽演唱會之前，我就已經備份了一台你爸給你的平板電腦，平板裡面除了可以提供內部通訊，還有許多內部的維安程式，可以透過雲端遙控每一層中控室。只要解碼之後，無論要關上閘門，鎖上緊急逃生出口，拿出你爸的這台平板電腦，全部都可以做得到喔。」

「所以家樺，你，早就知道……這台平板的存在。」

「對，我知道你爸與『巨蛋』工程之前的關連，而且我早就已經調查過，如果在彩排日進入巨蛋，安檢相對沒有那麼嚴格，再加上我事前就先在網路上放出恐怖攻擊的資訊，宣稱要在開幕日進行恐攻，那麼，國安特勤單位就會把注意力放在明天的開幕日當天。」

原來是這樣，所以「梅園」一直以來在網路監控蒐集的情資，都是這小屁孩的唬爛。

「這台平板電腦，代表的就是『權限』，你懂嗎？這世界上有些人，他們擁有其他人沒有的權力，可以突破既定的限制。比方說門禁，比方說中央控制室的遠端操控。他們掌控一切。至於其他人像我，像你們，像剛剛的阿伯，還有我媽，就只有成為權限底下的犧牲者。」

「你媽……難道是？」雅筑聲音顫抖著。「對了，剛剛淑真阿姨一直叨叨念念的『小達』，原來就是家樺的乳名嗎？」

原來如此。原來家樺和淑真這兩個人是母子的關係。那麼這一切就說得通了。

「不過現在說這些都沒有意義了。再見了我的同學們。你們就留在這間密室吧。我同時透過平板接收到了外面的情況，搜救人員暫時不可能進入到這個區域了。」

看來家樺準備將我們困在這裡，自己獨自逃生。不行，我得加快動作，雖然管道間的鐵門是從外部上鎖的，但只要掌握到竅門，就可以從內撬開來。

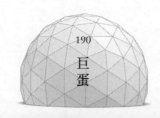

3 災後一百一十五分鐘——德宇

家樺就站在我們剛剛進來的地方，準備退出後抽身離開，並將我們鎖死在儲藏室裡面。受過特訓的阿伯已經被他鎖進管道間、生死未卜了。完了，現在做什麼都來不及了。

就在我這麼想的同時，就站在我隔壁、據說是排球隊出身的筑琪，搶先一步，用那種網前截擊殺球的姿勢，衝了過去，一把就要搶過家樺拿在手上的那台平板。

接著他倆因為失去平衡，往輕隔間的裝飾牆狠狠撞了上去。整個房間劇烈地震動。不，不只是因為他們的撞擊力，而是「巨蛋」地下一樓也即將要坍塌了。我很確定在當年的建築力學課，教授有教到這個理論。貌似是叫「鋼筋傳導」還什麼的，就是鋼骨建材由於焊接的工法，要倒塌之前，鋼骨會先歪斜然後再因失去支撐而整個折斷。

「你幹什麼，筑琪，趕快放手，你會害我們所有人一起掉下去。」

「幹，拿來！把平板給我，所以你早就知道雅筑他爸在『幸福集團』工作，才會接近我們，跟我們當朋友對吧？你真的是個廢物、渣男。」

「枉費我們家雅筑還很喜歡你，還想跟你告白你知道嗎？幹，我就算要掉下去也要拖著你陪葬。」筑琪狠狠架了家樺一拐子。但家樺同時按下平板電腦的按鍵。遠遠的，我似乎聽到什麼機械啟動的聲音。

我猜家樺恐怕也放棄自己逃生的念頭了。他準備將地下一層的防煙閘門也全部降下，好讓我們所有人被困在A區，沒有任何的倖存者生還。

也就幾乎同時，我們所在的儲藏間底下水泥塊開始坍塌。就在同一瞬間，阿伯打開了管道間的鐵門，從連通管道的逃生梯上跳了出來。

「哇，阿伯你還沒死，好厲害，啊。」雅筑正在讚嘆時，卻同時發出驚呼。半個房間隨著連通管道間所在的位置，已經坍陷了下去。

阿伯趕在最後一刻，抓住筑琪的手，但她受傷的腳踝卻被家樺給抓住，我猜他也無法承受他們倆重量。我跟雅筑被坍陷的裂縫給阻擋在房間的另外一側，完全沒法幫忙救援。

「你們趕快離開，在防煙閘門落下之前離開這個區域。」阿伯被那兩個高中生的重量漸漸往下拖，卻還是不忘對著我們所在的這一邊發號施令。

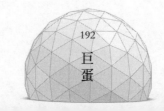

「筑琪，筑琪。」耳邊傳來雅筑哭喊的聲音。

「沒關係，阿伯，你放手吧，你撐不住我們兩個人的。」筑琪邊說，邊鬆開了原本攀附在阿伯右手掌的力量。從我們這個位置已經幾乎看不到筑琪的臉了，家樺更在下方，我想起沒多久前的這一幕又重演了。底下就是烈焰火海。

啊，剛剛我們跳過坑洞的時候，我真不該伸手去救家樺的。

家樺似乎還不死心，單手抓住了筑琪的腿，另一隻手準備要攀附住附近的鋼梁。

「家樺，雖然我們同學一場，但我必須告訴你。我不打算讓你再爬上去一步了。」

「筑琪你有什麼毛病啊？你再晃動下去，我們兩個人都會死。」

「我不准、我就不准你爬上去。」筑琪大力地喘著氣，幾乎隨時就要鬆手。「因為他媽的我不准你傷害我的雅筑。」

「我的、雅筑」是嗎？我看到筑琪說這句話的時候，眼眶裡閃爍著晶瑩的眼淚。這應該是屬於她的告白吧，沒想到。很多事真的到了緊要關頭，才會發現一切都那麼出乎意料，那麼難以言表。

我和雅筑遲遲沒有逃離，卻一刻也無法移開目光，就這麼束手無策地跪坐在管道間的外面，眼睜睜看著阿伯抓著筑琪的手指，慢慢一點一點地鬆脫、滑落。

「筑琪，你在幹嘛，你白痴啊，不要害死我們。」家樺在下方怒吼著。像野獸瀕死前發出的嚎叫，那麼撕心裂肺的悲鳴。

「筑琪，拜託，拜託你不要這樣。」雅筑哭喊的聲音，也同樣讓人心碎。「家樺，你，到底為什麼，是我爸公司的錯，但不是筑琪的錯啊。也不是我們任何人的錯啊。」

在筑琪鬆開手，墜落的一瞬間，管道間繼續往下坍塌，家樺似乎還說了一些什麼話，但我們誰也沒聽到。

這時，我做了一個少見的、果斷的決定，就是死命拖拉著雅筑，離開了儲藏室。大約幾秒鐘之後，地下一樓的防煙閘門也徹底地關閉闔上了。

再次經歷閘門關闔、以及一連串的生離死別之後。我與最後的倖存者雅筑，倚著厚重的鐵閘門，就這樣一動也不能動，不知道過了多久。

筑琪和家樺就這麼跌了下去，底下是深淵與火海，恐怕已經凶多吉少了。而雖說剛剛看到阿伯還戴著那個他隨機應變自製的防毒面具，但也不知道能撐多久。

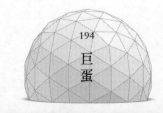

「雅筑，那個，我們先離開這邊，阿伯應該不會有事的，他好像是特勤單位退休的，受過很多特勤訓練和災難求生。他剛剛甚至單手就把我從斷壁間給拉了起來。」

「可是我不想走，我、我還想要等筑琪，筑琪還沒來的話，我也還不想走。」雅筑聲音顫抖，但從各方面的狀態推測，我很想告訴她：她的姊妹淘大概是不會回來了吧。

「我們快離開這邊，雖然有閘門暫時擋住，但等等地下層的火勢會延伸上來，這附近可能會發生閃燃或塵爆。」

「筑琪，筑琪，對不起。我先走了，你、你要趕快來，你的生日禮物還在我這邊。」雅筑隔著鐵門大喊，她手上仍緊緊抓著那粉紅色的，名叫卡娜赫拉的絨毛玩偶。「我，我也是，對不起我一直沒有察覺到你的心意。」

「那個阿伯，你也要趕快出來喔。我們等等上面見。」我對著防煙閘門的那一側大喊。這時我無意識地低頭瞅了一眼手錶，三根指針像消失般地疊合。終於過十二點了，但今晚依舊很漫長。

阿伯真的能離開嗎？在逃離之前，我隱約看到阿伯左手抓著逃生梯，但左側肩膀似乎被水泥塊給壓住了。怎麼辦，如果連阿伯都不在了，我們該怎麼辦？難道我們這組隊伍就要在這邊全軍覆沒，沒有一個人可以離開這顆該死的「巨蛋」嗎？

不行，說什麼都不可以。我耳朵旁邊回響起阿伯剛剛跟我說的話。「人生在世，沒有什麼事是跳不過去的」。我記得自己好像看過一部棒球電影的台詞就是這樣，教練跟球員說，「不要只想著贏，要想著不能輸」。

那時我覺得這個台詞根本是廢話，只要沒有輸不就是贏了嗎？但我現在終於懂了。

很多時候我們可能贏不了了，或說自己已經撐不下去了，但只要還抱持希望，只要還有生還者，這一切就不算一敗塗地。

所以我想——就算不是我也沒關係。只要有人能活著離開「巨蛋」，我們就不算輸。

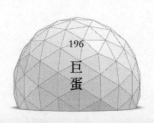

4 災後一百二十分鐘──雅筑

一開始只是彷若清晨的朝霧，依稀朦朧，接下來就是遮蓋一切視線的煙霧。悶嗆的濃煙逐漸蔓延過我們剛剛一路逃離的路線，終於，我們剩下了最後容身的小小空間。

我已經不確定這是「巨蛋」的哪個區域了，但等待救援的這個可能性應該趨近於零了。

我拿出平板來看，沒有任何訊息傳過來。訊號強度是零格，應該也無法發送任何訊息出去。但印象中剛剛阿伯跟家樺的意思是說，有什麼裝置可以追蹤到我這台平板嗎？也就是說我只要將它帶在身邊，我們最終還是可以被搜救人員找到就對了？

但總覺得濃煙的密度越來越高。怎麼辦，我們還能怎麼辦？

我最後只看清楚螢幕右上方的日期與數字，十二月二十五號，零點過五分了。新的一天終於到來了。今天也是筑琪的生日，說好要一起慶生的筑琪的十八歲生日，買好了卡娜赫拉玩偶，準備要送給她慶祝成年的十八歲生日。

只是那個永遠應該比自己年紀大，比自己老的姊妹淘，從此就停在十八歲這一天了。

「生日快樂。你十八歲了，筑琪。我會永遠記得自己有過這樣犧牲自己來救我的姊妹淘。」我仰起頭讓自己不要哭出來。筑琪最後對我告白，聲音還迴盪在耳邊。原本我還懷疑她跟家樺有曖昧呢，甚至以為她在學校附近租屋可能是為了同居。原來她是為了讓我常常去租屋處，找她一起念書。

我會錯意了。筑琪對不起。但現在都太遲了吧？

「那邊有毛巾，我們先弄濕摀住口鼻來移動。」那個叫德宇的宅男大哥哥，拿來根本不是毛巾，其實是床單與被套的東西。

離開了剛剛的防煙閘門，我們發現幾乎也無路可以走了。

我們在逐漸變得濃密的煙霧中，摸索著來到一間寢具店的一隅，剛剛的書店已經不知道消失在哪個方向了。

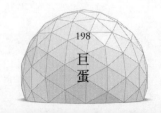

「那邊，我們往那邊走。」那位宅男大哥指向角落的方向。但在嗆悶的煙霧瀰漫之前，我們來到的是百貨公司的服務台。在服務台的櫃台內，有個小小的隱蔽空間。大概只能讓我們兩個人坐著的狹小空間。

「我是在想，如果說有些緊急逃生通道被封死，或改成違法儲藏間，但從建築結構與力學來說，我在想會不會有什麼隱藏的通道。但看起來，好像沒那麼好找。」宅男大哥邊說話卻忍不住嗆咳，但我也差不多，幾乎被濃煙薰得快說出不話來了。

真的很可惡，真的很不甘心。我們距離真正的地面，那清朗的月夜與滿天星空，也就只差一層樓而已。也就是這一層樓，讓我們受困。

我這時在想，說不定困住我們的，根本不只是這一層樓頂板的水泥牆，不是這座「巨蛋」。而是自我的局限，我們的際遇，我們的身世，想像力，對時間、對夢想以及對未來的詮釋。

如果用更文學一點的講法，那就是——每個人的內心深處都有一座巨蛋。我們被困住了，卡死了，進退不得，周旋不能，就這麼圍堵困守在自己的心靈密室裡，動彈不得。

雖然我已經覺察到宅男大哥的提案不太可能發生，但我們也沒有別的選擇了。我們，其實所謂的「我們」也就剩下我跟宅男大哥了。

四周都是濃煙，若亂竄的話不確定氧氣量還可以撐多久？

「欸大哥你看，那個……」我指著服務台斜對面的員工休息室。可能員工匆忙逃生時沒闔上門，那看起來厚重的鐵門虛掩著。「那裡面可能有出口嗎？或至少可以暫時隔絕濃煙嗎？」

「不管那麼多了，我們先進去好了。」像是寓言裡那根從天而降垂懸下來的最後一根蜘蛛絲。我們以匍匐的姿勢進入了員工休息室。只是很遺憾的，在這間小小的密室裡，並沒有發現任何出口或通道。不過我們發現到就在置物櫃的側面，有一個類似方向盤的輪盤。我拿起淑真阿姨殘有餘電的手電筒功能替宅男哥照明。

「這是控制自動灑水器的制水閥。如果水壓夠的話，灑水器就會運作，就可以稍微控制火勢。」德宇哥邊說邊轉動他所說的那個制水閥輪盤，我不確定他的判斷是否正確，但這個輪盤顯然沒有起到任何控制灑水裝置的作用。

「德宇哥，算了啦。其實沒關係。」事到如今，我已經對「巨蛋」裡的任何消防設施不抱期待了。網友喜歡說「不期不待，沒有傷害」，但那恐怕是被傷害到極致後的悲鳴。人生在世不可能沒有傷害的，但那種傷害、失落、挫敗，其實就是仍有希望、仍想奮力一搏的不甘心。

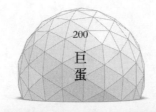

「這制水閥管線裡根本就沒水啊，怎麼會這樣。」德宇哥似乎還不死心，大力敲擊著制水閥，不確定他是怨懟這棟建築物，還是在對無能為力的自己生氣。悶嗆的聲音猶如從我們的身體內部、從臟器或腔膛裡，慢慢震盪開來。

在濃煙完全將房間淹沒之前，德宇大哥做的最後一件事，就是將鐵門給完全閉闔上。於是我們就被自己關在這間全然成為密室的員工休息室中。原來被保護與被囚禁，其實也不過是一線之隔。

在最後的這三分鐘，我倆視線所及，只剩下一大片無垠無際的、徹底的黑暗。按照那種濫情的好萊塢劇情，我現在搞不好會抱著這位宅男德宇大哥，或更浮誇浪漫還可以來上一個那種、我一直嚮往的好萊塢電影裡的最後初吻。

但幸好，我現在沒有這種閒情逸致。就算是人生最後一刻，我還是很難無視德宇大哥的外型並不是我的菜這件事。

「對了雅筑，你們剛剛不是在講看手相的事嗎？就在我們還待在那間『安全屋』的時候。」

「啊，對耶。被你聽到了。好丟臉喔。你把會議室叫做『安全屋』喔？嗯，現在想想那邊比這裡安全多了。要是我們剛剛躲在裡面不要出來就好了。這樣家樺跟他媽媽也不會暴走，然後筑琪也不會……」我忽然覺得眼睛很酸，鼻頭悶嗆，好像在游泳池底部溺水快要窒息那麼難過。不行，我現在還不能哭。

「你知道嗎，其實手相比想像中還要科學。因為掌紋根據的是手掌小肌肉的運作，因此，不同性格或職業的人，運用手掌肌肉模式不同，掌紋自然就會產生差異。」

「欸，好像滿有道理的。所以德宇大哥你的意思是？」

「如果我們這群人今天注定要葬身『巨蛋』，難道我們的手相完全一樣嗎？」我忽然想到，剛剛家樺好像也說過類似手相掌紋的事。雖然還是無法相信同班同學就是凶手，但我還是忍不住回想起剛剛在會議室的對話，關於那個物理模考的題目。

「德宇哥，你這樣說掌紋的事，讓我想到剛剛筑琪他們說的薛丁格與貓的實驗。」

「我知道這個實驗啊。」黑暗中，我感覺到德宇大哥在我身邊坐了下來。雖然我們的性格與選擇決定了手掌的紋路，但有時命運還是沒法由自己掌控吧。

「那你不覺得我們現在所在的這間員工休息室，很像那只關著貓的密室嗎？沒有其他出口、沒有對外窗，只有一扇鐵門。只要門緊緊關上，根本沒有人知道我們兩個是死了還是活著對吧？」

不知道是缺氧還是吸入過多的一氧化碳，我整個腦袋呈現昏沉沉的狀態，黑暗中我看不到隔壁德宇哥的表情，但我只是自顧自，把這個幻想不停地講著。對黑暗講著，對空氣講著。

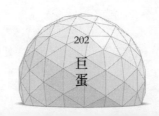

「你想像看看喔，等等救援人員來了，然後他們打開門，有可能會發現我們的屍體，或者發現我們之中誰還生還。但在此之前，我們是死貓還是活貓，不是永遠沒有人知道了嗎？啊，我懂了，這就是剛剛家樺他們說的，『疊加態』。只要這扇門不被打開。我們的平行時空的量子態就永遠不會坍縮，那麼我們就永遠處於『疊加態』的進程裡，對吧，啊哈哈哈，我終於懂了。」

我不斷碎碎叨叨複誦著沒有意義的話，我甚至不確定自己有沒有真的說出來，或者只是在幻想。

「那個，雅筑，你看著我，你要保持清醒。你不要閉上眼睛，你現在處於缺氧的狀態，一氧化碳會與紅血球結合，占據了血液供氧的通道，所以你如果不保持清醒就會昏迷的。雅筑，雅筑，看著我，跟我說話。我有預感——救援馬上要來了，你不要在這個時候睡著。」

我隱約聽到宅男大哥呼喚的聲音。但突梯又荒謬的，最後我想到的竟然是物理學的模擬考，然後想到下星期一早自習，還有另外一次的物理小考。

但這次我覺得自己應該沒問題了。這次一定會及格。

下一秒，我才想到自己就快要死了。死前的腦海中，最後閃過的念頭竟然還是早自習小考真的很悲摧，這大概是當一個鬼島高中生的宿命。我們的鎏金歲月，被學測指考壓榨壓迫，到最後一點汁液都榨乾，到絲毫夢想的殘餘價值都不剩。

甚至直到生命的最後一刻，都還無法得到真正的自由。

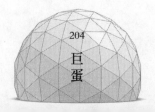

5 災後三百六十分鐘——搜救人員

在闃黑無光的廢墟裡，不知道幾個小時之後，靠裙樓的東南側，微微的光線像潑在流理台的水滴似的，滲進了大家以為會永遠無光亮無救贖、好似永遠停留在黑暗之中的「巨蛋」。

蔡副理瞅了一眼手錶，確認現在的時間，已經接近天亮了。在文學或電影那一類的藝術作品中，晨曦的刺眼光芒，似乎在在象徵著某種救贖、希望那一類的明喻或隱喻。

但蔡副理很難真正確定——在這樣一個大災難過後，終於到臨的第一個早晨，第一道曙光，還有在過曝的光瀑裡、漫天飛散的砂礫粉塵，到底有什麼更明確的文學性寓意。

時間倒轉回幾個小時之前，蔡副理終於與小夫總裁通上了電話，並且以要向媒體爆料關於施工設計圖的變更作為要脅，要求由自己帶領一隊救災人員，親自進入「巨蛋」的東側，也就是A、B區域的位置。

接著，在連續出動小山貓挖掘過後，蔡副理偕同兩個行政區，約三、四十名消防分隊的隊員、搜救犬，準備一同進入A區。由於地上層炸毀堆疊的車輛，以及連續傳來的坍塌意外，導致進入A、B區域的動線遲遲無法暢通。

終於，幸福集團會同市政府徵用民間大型機具，出動十數台大型吊車，從外部支撐「巨蛋」主建物，蔡副理加入的這支救難隊伍，才真正進入「巨蛋」的內部。但此時距離起火時間已經超過了五個小時，也已經接近破曉時分。

從蔡副理給雅筑的那台平板電腦，最後發送出的訊號進行三角點定位法來看，雅筑最後的位置應該可以確定在地下一樓的A區內部。如果從地景來推測，就是在連鎖書店，靠近A區的遊客服務台附近、大約三十公尺圓周的半徑範圍。

很遺憾的是，在這三十公尺半徑的範圍內，並沒有其他緊急逃生出口。扣除那些在設計藍圖上本來規劃有、但實際工程施作時並不存在的避難通道，這附近唯一的一項消防安全設備，就是員工休息室內的制水閥。

有時當消防灑水系統偵測到殘牘水量不足或水壓不夠，必須以人工手動的方式注水的時候，那麼就必須要派員前往制水閥操作轉盤。

「剛剛我們已經發現員工休息室的外部鐵門，裡面很可能有倖存者……或罹難者。

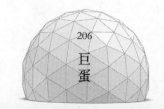

但鐵門嚴重變形。目前得以電鋸與破壞剪來破門，估計可能得再花二十分鐘。」

蔡副理聽到無線電的聲音，剛才從遠處聽，只是嘰呀作響的無意義雜音。

基於救難人員的安全，他被要求留在A區的緊急逃生出口「A1」附近，等待進一步的通知。憑著光線，蔡副理終於看清楚周遭的狀態，這間他印象中原本窗明几淨、文青品味十足的大型連鎖書店，現在只剩下滿目瘡痍的場景。書櫃到處被推翻、仰倒，木工裝潢被踩踏與焚毀到不成原形，且好幾處樓地板因為底層的鋼筋消熔而已經產生傾斜或坍陷。

至於那些書，在火焰餘燼中幾乎都被燻黑焦灼，完全看不出原貌。這就是末世前夕的文明寓言。蔡副理不禁想到電影裡，那種大災難來臨前夕，掌握先機的人們，急著將名畫、雕像，還有那些經典作品搬上諾亞方舟。

「有一天人類積累的文明會無聲無息地就此坍塌。然後我們可以再憑茲將其重建。」不知道這是哪本小說的畫線警句，但分明不可能。

當這些象徵最牢不可破的文明與知識被燒毀的一瞬，竟然是那麼快，那麼熊熊熱烈，又那麼理所當然。

「生還者，或罹難者。」他重新回想剛剛的無線電通報內容，應該是這麼說的。雖然搜救人員沒有明講，但看到這樣瘡痍而燒盡的場景，這次的任務顯然已經從倖存者的搜救，成了遺體的搜尋。

但「罹難者」這個詞彙啊，一般只會在悲劇的新聞播報時聽到。當它發生在現實世界的時候，依舊格外地感到違和。

蔡副理實在不敢揣度雅筑的生還機率。又是無意義的機率。事實上生還與罹難只有兩種可能，各百分之五十，就像量子力學的實驗。

副理甚至不合時宜地，想著這幾天播報的內容。新聞記者會快速打出「黃金救援時間倒數，『巨蛋』拯救出生還者」？還是會用更催淚更聳動的方式，「罹難者最後一刻，仍試圖扳動制水閥轉盤，啟動天花板的灑水裝置，犧牲自己來拯救他人」這種浮誇而狗血的報導呢？

「好好好，OK了，現在重機具先撤離，準備破門進入。準備破門進入。」現場消防人員開始倒數，蔡副理往前走，站在滿地的斷垣殘壁之中，搜救人員攔住了他，但蔡副理卻想繼續前進。

東側裙樓的盡頭，射入的是已經完全升起的燦爛金陽，在光燦燦的金粉之下，讓眼前的這整座已成廢墟的「巨蛋」顯得格外諷刺。

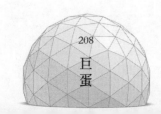

裙樓的外側就是當初工程設計時，準備作為防災與緊急避難滯留區的生態景觀公園，但現在周遭已經全面封鎖，人員與交通進行管制，因此沒有任何前來晨運或看熱鬧的民眾。罹難者家屬被隔絕在指揮中心帳篷的那一側。因此，整座空曠的公園顯得格外靜謐。

生態景觀公園裡不確定是人工或野生的植栽，顯得碧綠茵茵，太陽照常升起，世界依舊運行。但如果還沒有滿十八歲的雅筑罹難了，就此消失在這個世界上，蔡副理不確定自己這些年為了公司賣命，賺錢養家的苦悶人生，究竟還有什麼意義？

就在他進入巨蛋的同時，蔡副理已經將變更前後的「巨蛋設計圖」、也就是他幾個小時前傳給雅筑的那張圖檔，轉存進了他的 email 草稿夾，只消食指一動，按下「send」鍵，這張顯然是與施工實際圖式不符的設計圖，馬上就可以發送給幾家台灣民眾都很熟悉的媒體和即時新聞的粉絲專頁。

「各單位後退、後退，準備開門，三，二，一。」現場消防隊指揮官倒數的聲量，猶如外星人推播發送出的射線，穿過幾萬光年筆直穿透過來。

蔡副理的手指滑到了「send」的符號介面上。只要再一秒，不，只要零點零零零秒，二進位的郵件訊息就能以光纖、以海底電纜、以人造衛星，以穿梭光年奇異點的蟲洞速率，義無反顧地發送出去。

雖然世界依舊運行，但這是只有自己能做的反擊，這也是自己唯一能做的反擊。

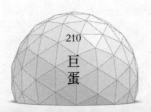

6 災前三千九百七十二天——建築系系館研討室

「我再跟各位學弟妹說一次，這次老師要大家分析的個案，就是『東京巨蛋』的前方廣場，也就是遇到災難時，作為疏散與容留區的空間設計。所以到下次討論課開始之前，大家要先將回饋單上傳到課程的學習資源網頁。」說完這一長串的宣布事項時，德宇才覺得有些奇怪。腦中好像有種合金卡榫鬆脫了的那種鈍痛。

德宇用力地甩了甩頭，希望能像當年紅白機的卡帶因為讀取不良而重插的概念，把這種詭譎的違和感從腦袋裡徹底移除。

如果記憶無誤的話，這裡是大學的研討室。而且再仔細觀察，一點也不差，正是德宇就讀的大學母校裡的研討室。

雖然事隔多年，但德宇仍然記得清楚，這門課是「台灣建築個案」課後的討論課，德宇是這門課的 TA。

沒錯，這是大學時期，一點也沒錯，一點差別也沒有。這個空間，這個場景，這門課堂，還有說出這句話的自己。就是距離現在超過十年前，二十二歲時的德宇的校園日常。

「啊，學長，我太晚到了。什麼，討論課已經結束了嗎？」當時還是德宇學妹的明晴，從卵型的研討室後方的透明玻璃裡探出頭來。她烏黑漂亮的馬尾隨著波浪晃動著，像一整個下午搖晃著的薰風，與破碎成白色線段的海浪。

這是怎麼一回事？德宇深深吸了一口氣，看著同學慢慢離開教室。這是所謂的死前迴光返照？還是什麼時空跳躍旅人的詭計嗎？

前一秒鐘自己的記憶分明還如此深刻警醒，自己受困在即將開幕的「巨蛋」，濃煙嗆鼻，自己帶著一個高中生逃進密室，接著就要失去意識……「啊，我懂了。」德宇像卡通裡，扮演偵探的那個國小學童，頭腦被閃電雷擊的一瞬間。

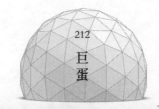

這麼說來的話，剛剛在意識殘餘裡所發生的那一切，或許才是一場夢吧。

●

如果眼前的這些時光回溯是夢境的一部分，是德宇受困在「巨蛋」裡、所謂的死前跑馬燈，或最後的視覺暫留。那麼自己理當可以選擇記憶的壓縮檔或片段。就像DVD播放器的快轉鍵，壓下去，接著跳到之前播過的斷點。

那麼如果可以重新選擇的話，德宇當然要選擇他記憶裡最深刻、最雋永，無論經歷多少年後，都忘不了的關鍵時刻。就是當學妹明晴向他提出——因為機車不夠，缺男生載學妹們一起夜衝的瞬間。他卻因自己害羞而猶豫不決。

對，快轉，接關。就像童年時的卡帶遊戲，穿著紅白搭配吊帶褲的瑪利歐，崩地一聲跳上雲梯，鑽進螢光綠水管，接著進入到遊戲後台的世界。

「謝謝學長，那我們就約星期五晚上九點校碑集合。」明晴的聲音像澄澈的日光，無懈可擊從天空那一端穿透過來。

對了，就是這樣。德宇彷彿聽到那種遊戲裡解鎖成就的音效，在耳邊戲劇性地響起。

接著就是夜衝當晚、新的記憶錄影帶回放。德宇騎著速可達機車，後座載著學妹明晴，只是稍微有點豬哥的他，竟忍不住偷偷瞥向自己身後的那雙長腿。

明晴穿著如今回望、未免有些過短的短褲，但這似乎就是那些年流行的款式。熱褲的口袋從短褲底翻了出來。如果再往後看，就是說什麼也不該偷窺的、青春白嫩的大腿。

穿著背心的明晴，小小的身軀彷彿隨著路面顛簸，危顫顫地坐在機車後座，她溫熱柔軟的身體微微碰觸到德宇的後背，空氣裡有一股說不出來的、淡淡檸檬草香。

抑或者，那根本就是青春的味道。是費洛蒙的味道。

明晴還戴著德宇預先替她買好的、星際寶貝史迪奇的安全帽。自己什麼時候去買的這頂安全帽，顯然在回顧跑馬燈裡面已經不復記憶了，但對現在的德宇來說，後座的明晴就是整座銀河、整個宇宙與星際最值得被珍視、被寶貝的對象。

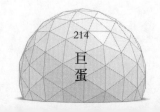

「話說學長，你不是在MSN裡面說，你那個實驗室的教授建議你推甄直升博士班。我真的覺得你可以耶。你們那組在搭橋競賽的時候，坐在後面當評審的系主任也有特別提到你，說你應該是我們這一屆最值得期待的學生。」

「真的嗎？系主任真的這樣說喔。我都不知道，還以為那個怪老頭不太喜歡我呢。」

「齁學長，你就去試試看推甄嘛。」

「欸，那個明晴……我好像懂了。我好像突然了解眼前一切究竟是怎麼一回事了。」

「嗯，嗯。」德宇用力點頭，即便後座的明晴看不到。「好，我會去考，我決定了。

德宇像在跟明晴說話，又像自言自語，後座的學妹沒有任何回應。

應該要直升博班，畢業後直接考高考。」

「對啊，上次教建築設計的教授上課時也有說，如果建築系畢業，可以考的科別有土木工程、建築工程。如果具備博士學歷，好像可以直接應試高考一等的樣子。」

就在後座的明晴清朗的聲線還在迴盪的同時，車行進入了一條漫長的隧道。這時德宇放開因手汗而沁濕的龍頭，霸道地將明晴的手從自己的背後拉了過來，交叉環繞在自己的肚子前面。

女孩子的小小手掌，柔軟得彷若無骨，猶如一種不曾觸摸過的建築材質，又像是異次元誕生的一頭包覆著絨毛的幼獸。

「學長，那個，我們這樣算是在一起了喔？」雖然逆著風逆著光瀑，隧道裡的對向來車呼嘯的聲音，但明晴說的每個字，德宇還是聽得很清楚。

我深深吸了一口氣，準備好要來認真回答明晴的告白。出了隧道，風聲車聲都靜止下來，世界彷彿靜止。遠方摩天大樓牆面的裝飾燈，在整座荒涼又富饒的星空作為背景下，顯得閃閃熠熠。

即便這個答案被提早了十年，但我一點遲疑都沒有。當然，我超喜歡明晴的，超想跟她在一起。

「然後，然後故事就有了一個當初的自己想不到的轉圜。」像自己替自己的小說寫注腳或開外掛，德宇發現自己有機會可以將故事重新寫一次。

這不是什麼死前的迴光返照、人生跑馬燈，也不是視覺暫留。剛剛受困在「巨蛋」、即將被濃煙被烈火吞噬的記憶是真的，經歷是真的，千真萬確。但現在的重新抉擇也是真的，和明晴告白，正式交往，作了要直升博士班的決定也是真的。

德宇想到那個燃燒嬰孩的夢境。並不是害怕現實而逃入潛意識，而是當虛假的現實燃燒起來的時候，夢境甚至變得比真實還要真。

就是因為一切都是真的，所以我們還有所選擇。一切都還有救，還來得及。在宏觀物體被以疊加態觀測並量子坍縮之前。在另外一個平行時空還在醞釀、準備成型之前。

一切都還有轉圜的餘地。

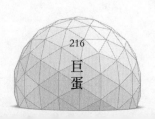

7 災前六百二十一天——都營科會議室

今天的這場會議，是「巨蛋工程安全健檢小組」的第二次審議委員會。雖然議程表上列了五六個案由，但最重頭戲的應該還是第一、第二案，要針對「幸福集團」變更前後的施工設計圖進行討論，一是修改過後的設計圖是否符合安全法規，可以核准復工；二則是討論幸福集團在未照會市府的前提下，進行設計圖的不當變更，是否有違法違約之嫌。

德宇就坐在會議室最前端，靠右側的座位。他的左手邊座位前，放著「T市政府都市營建科．羅書豪科長」的紙名牌。由於這次開會自己準備了不少資料，所以德宇比會議時間提前了半小時進入會議室。

相關的資料、文獻以及附件都準備好了。側面都貼上了鵝黃色或淺藍色的標籤貼紙。這時德宇才終於想到什麼似的，搖晃著昏沉的腦袋。順便釐清這一連串的改變以及時空錯織的悖論。

就像那部九〇年代的電影《蝴蝶效應》，由於當初不同的選擇，於是德宇成就了迥然不同的人生。推甄直升了博士班，跟著原本實驗室的教授，針對近幾年國內的公共建設的施工品質、招標、施工期程的規範等等，進行專題探討與質性研究。

博士班的第三年，德宇就依循教授的建議，錄取了高考的土木工程科，一面轉為在職進修，接著和明晴正式步入禮堂、結為夫妻。然後現年三十二歲的德宇，成為都發局裡頭最年輕的科長。

但對德宇來說，這十幾年間的時間流逝與遞變，即便是真實存在的記憶，他卻總覺得印象稀薄，就像戴著玻璃罩進入深海底的朦朧感，透明的包膜橫亙其中，一切都霧茫茫的，猶如夢中的景象。

至於那個一事無成，連送禮物給學妹都猶豫不決，最後被困在火場裡的自己的記憶，卻依舊深明鮮豔時時跳出，彷若干擾電視天線接受的白噪音。

德宇現在雖然完全懂了平行時空的宏觀理論，但卻仍有些不敢置信。自己的人生竟然全然改變了，只因為一開始作了不同的分歧，於是自己有了和過去全然迥異的人生。

不，其實嚴格說來，也不能說是全然改變。這本來就是自己當初的目標。讀博士班，參加公務人員高等考試，接著親身去參與公共建築的發展與改革。

●

坐在後端的辦公室助理，看著德宇搖頭晃腦，還以為他到了下午精神不濟，忙不迭替他遞來一杯咖啡。

德宇前方的厚紙板名牌，同樣摺疊成三角形，上面寫的是「都市計畫管理科・陳德宇科長」的細明體，由於「巨蛋健檢小組」由都市營建科和計畫管理科一同負責，但會議主席還是都營科的羅科長，自己的職責只能說是列席。即便是列席，為了這個「巨蛋案」，德宇和科裡的幕僚團隊，終究還是準備妥好幾疊不同項目、不同年份的報告書以及備忘錄。

不同顏色的彩虹標籤錯織在一起，讓德宇想起另外一個平行時空的自己，那黯淡無光猶如老鼠灰色的人生。

一回過神來，會議已經開始了。日本籍的土木設計師剛剛結束發言，而即時口譯人員正在翻譯。大意是說他知道即便目前媒體對於「巨蛋」有著安全上的疑慮，但他與其團隊透過實地場勘、電腦模擬，認為「巨蛋」的安全係數並不下於可容納五萬八千人的東京巨蛋。

在底下窸窣的討論聲量還沒平息之前，德宇左側的羅科長捻亮了麥克風的赭紅色燈號。

「剛剛發言的這位、是日本東京都內的『松田工程安全設計株式會社』的松田社長。他的書面資料各位可以參看『巨蛋健檢小組審議報告』的第二十五至四十六頁，附件第二、三項的部分。如果站在我的立場，再繼續補充來說就是——除了發生火災時有緊急安全系統，防煙閘門與灑水系統，在結構上也可以確定，是絕對安全無虞。」羅科長並沒有起身，展現主席的氣場，坐在座位上說完這段過於篤定的發言。

德宇側著頭望向隔壁都市營建科的羅科長。他年紀大約比自己大上個五六歲，五官冷硬，髮線稍微後退。即便從平行時空來考量，在這個量子態，德宇才第一次見到羅科長本人。但搜尋記憶資料庫裡，在市府任職的這幾年，德宇的意見經常與他相左，羅科長是一個為達目的不擇手段的人，且可以罔顧利益，動輒拿法條法規來嚇唬人，搬出市長副市長狐假虎威。

或者應該這麼說——如果這個故事裡非得有個人擔綱反派，那麼肯定就是羅科長無誤。

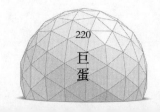

「可是，有考慮鋼構傳導嗎？」德宇說出他在這場會議上的第一句話。所謂「鋼構傳導」，指的是遇熱時鋼骨建材會產生的快速反應，只要到達熔點，鋼材會從最底部開始變形扭曲，也就是原本長方體的素材，會在極短時間之內就發生變化，被扭折壓縮而成為「く」字型。

而且可怕的是所謂的「鋼構傳導」又是全結構性的，意思是只要有其中一處鋼筋開始被燒熔而彎曲，就會傳導到其他部分。又根據整體結構，下方的鋼骨先彎曲，接著是周遭的剪力牆崩塌。

「各位同仁不好意思，我是都市計畫管理的科長陳德宇，針對這份『健檢小組報告書』，以及目前幸福集團提供的設計圖，我們組同仁針對幾個可能產生鋼骨結構變化的位置和結構，進行實際模擬。請各位看到附件二和三的圖例，畫有紅圈標記的部分。區域A的電梯井、露台，以及區域B的百貨、商場、連鎖書店，由於剪力牆和梁柱已經被拆除，在底層力矩不足的狀況下，預計會在鋼構傳導變形的幾分鐘之內，就產生崩塌風險。」

「對。關於這個，陳科長您說的鋼材傳導……」羅科長急著試圖打斷德宇的發言。

「是鋼構傳導。」

「是，鋼構傳導，其實剛剛松田社長也說過了，『巨蛋』內的消防安全機制其實非常完善，還有其他的輔助措施，就是如自動煙霧偵測與灑水系統。所以我們完全不必仰賴外部的消防救援人力，另外還有就是……」

羅科長話還沒說完，德宇就按了面前的麥克風鍵，那電源的熱灼灼紅光，在會議室裡猶如夜空的防空識別燈那樣閃著異樣的光痕。

「我想請問——如果幾個地方同時發生蓄意縱火或恐攻，制水閥的壓力、以及灑水系統內管線的殘水餘量剩下多少公升？」德宇繼續翻開了報告書的資料夾，另外幾頁貼上了標籤的部分。

這時德宇發現自己似乎掌握到了會議諮詢的節奏。應該說在這個新的量子態，這就是眼下這個德宇二號真正擅長的工作。

「此外，我們科裡還發現有幾個小問題，是羅科長以及『巨蛋健檢小組』沒有注意到的。首先是作為旅客容留區的生態景觀公園，請各位同仁看前方投影幕。」德宇將簡報筆指向幾處原本規劃空地，包括生態景觀公園、廊道、造景水池。「根據計算，空地面積從原本的五萬五千坪，減少到只剩下三萬八千坪公尺左右。

「第二點是，剛剛松田社長所進行電腦模擬下的緊急避難模式，原本是每秒鐘／

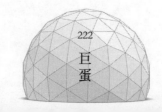

一．八公尺，但我這邊有一個模擬影片，透過不同的運算模式，將緊急警報發布之後，人群推擠、壅塞，以及容留空間被縮減的種種變因，一併加入計算，最後運算出的合理逃生速率，大幅降為每秒／一．二公尺，而這是實際模擬的畫面，請各位看影片。」

電腦合成出的人形紅點、綠點與藍點，代表正在逃難，順利逃離以及尚未脫困的旅客人數。當災難發生時，每個人形斑點依循著區域所在的逃生指示避難。

接著，讀秒的時間加快速率，很快超過三十分鐘，脫困的旅客大概只有三分之一，六十分鐘到達三分之二。但直到超過一百分鐘時，依舊有紅點人形被困在「巨蛋」之內，始終無法全部離開主場館與裙樓的區域。

「請問所謂不同的運算方式實際上指的是什麼？」後方其他列席的處室同仁舉手提問。

「我看過松田會社的健檢報告，他們使用的模擬軟體是『EXODUS』的一般模式運算。而我們科內是以『SIMTREAD』的逃生避難模式，來進行這次的對比與重新運算，這兩種模擬程式實際的差別，可以請各位同仁參考報告書附件三與附件四的部分。」

與會的同仁、幸福集團的代表以及日籍委員，這時都開始交頭接耳，但德宇面不改色，繼續翻開下一疊貼有標籤紙的資料夾。

「下一張，這是滯留區被縮減之後，人潮疏散與受困的曲線圖。」很顯然的，「幸福集團」這次的空間變更，讓災難發生時更多遊客困於主場館和影廳的位置，無法順利疏散進入室外。接下來德宇又秀出幾張投影片，整個「巨蛋」的建蔽率從原本的百分之五十三，變更後竟然達到百分之六十九。且原本主場館與演唱廳，採用的是開闊式建築，而變更之後為了增加地下層的容積率，被改動成為沉降式的建築，以上種種的變更，都造成災民疏散的困難，造成受困與滯留人數增加，妨礙原本的逃生與救難動線。

德宇左手邊的羅科長，正低頭翻找著資料，他原本旁分俐落的髮絲，因慌亂而垂落到面前。羅科長科內的幕僚，倉皇地遞了幾張紙到他手邊，被羅科長面露不悅地推到一旁。至於日本籍的松田社長，也面色凝重地低聲與他的隨行口譯人員交談。

德宇這時故意輕咳了兩聲。

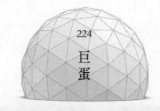

「附帶一提，我們計畫管理科的祕書上個月意外得知，即將由松田社長以及公司來組織『巨蛋健檢工作小組』之後，就已經透過正式發函，向東京都那邊的土木技師公會查詢過『松田工業設計安全株式會社』這個單位了。發下去的這個附加文件，就是日方回覆的信函和翻譯本。」

整個會議室所有的聲音，都像一瞬間被宇宙的真空袋給吸飽、抽乾，只剩下紙頁被翻動和壓平的細微聲響。

「請各位同仁留意，就在附件第三項到第五項的部分，這是松田會社之前承辦過的標案，第六項是松田會社相關的負面新聞列表。我簡單作個結論就是，由都營科委託承辦『巨蛋健檢』的松田株式會社，就是一個專接這種不當施工、違法標案的工程蟑螂公司。」

八十磅影印紙在寂靜裡劃破空氣，發出像玻璃被切碎的音效。

「各位：我必須提出異議。因為陳科長所補充的這些資料與附件，並沒有先列入本次會議議程，所以我建議本次會議，是否暫時不討論這個議案……」羅科長按住麥克風鈕的右手，被德宇一手壓住。德宇氣勢洶洶地，將羅科長面前的麥克風扭向自己。

「羅科長，我還有最後一個附件。這是幸福集團內部資料，上面明確列舉幾次施工設計圖被變更的跡象。包括緊急避難所、逃生出口，滯留區等都被變更或縮減。」

「陳德宇你先給我等一下，這份文件的取得有問題，這個叫做『毒樹果實』你沒聽過嗎，主席，時間先暫停……」

「對，向羅科長報告，由於這份文件取得來源不明，並不能當成正式公文，也請不要列入會議紀錄。」這份文件在兩個星期之前，就是「巨蛋案」正式爆發，鬧上媒體之後，才通過匿名傳遞，到了德宇的辦公桌上。這些文件可信度當然很高，他揣想至少得是專案副理以上，才有權限得到這些資料。

「我有一個正在讀中學的女兒，我很希望有一天我能陪她一起去『巨蛋』，看電影、逛街，或聽聽演唱會。但我不想要我女兒在這樣一個隨時會遭遇危險與災難的地方成長。」信的最後，匿名檢舉者還這麼寫了。

「因此羅科長，我在此提出建議，請將會議紀錄以專簽方式，交由市長、副市長，並建請『巨蛋』工程在調查完成之前，無限期停工。」德宇吸了一口氣。隔壁的羅科長已經完全放棄，頹然坐在主席座位上。

「此外，也建請市長代表本市府向『幸福集團』收取違約金，同時也請市長責成市府政風處，協同T市地檢署徹查相關失職的企業員工和公職人員。」

薛丁格與貓的實驗一切都很合理，符合邏輯，但薛丁格沒料到的是，當貓被關進施放毒氣盒子的前一刻，早已脫逃了出來。或者是被關進毒氣盒的貓，在另外一個量子態平行時空，在宏觀物質被觀測者造成量子態的坍縮之前，就已經離開了毒氣室，而重新選擇、讓自己當一隻不會被抓來做實驗的貓。

難怪人家說「貓有九條命」，這諺語說的真是一點都沒錯。

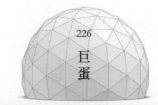

8 災前五百九十五天——電視機

「上個月T市府召開『巨蛋健檢』審議會議時，爆出了重大內幕，負責主持的日籍廠商原來是黑心公司，可能早已被買通。也因此，T市地檢署以及特偵組隨即分案展開調查，在約談二十幾位相關人士，北、中、南三地同時搜索之後，知情人士透露，確定掌握到了『幸福集團』以及『幸久建設』向T市政府特定人士行賄的證據。

「根據任職於『大心機電』公司的匿名爆料者指出，『幸福集團』不只向市政府官員關說並行賄，同時也透過關係企業所掌控的融資與金源，向『大心機電』內部某位負責『巨蛋』消防安檢的主管施壓。」

●

「地檢署特偵組今日宣布，本案目前已經偵結，移送至T市地方法院審理，而內部相關人事透露，這次『巨蛋案』貪瀆收賄弊案，最高很有可能會延燒到科長甚至是副市長層級以上的官員。」

●

「現在記者就位在T市的看守所門外，各位觀眾朋友可以看到，即將走出來的就是『幸福集團』的前任總裁，他身穿囚衣，一語不發且面色凝重地走上囚車。根據同室的獄友透露，總裁在看守所的第一晚吃的飯量並不多，且沒有要求要看任何書報雜誌就直接就寢。從今天晚上之後，身家上千億的總裁成了階下囚，囚衣編號是9487。」

●

「面對總裁的羈押獲准，『幸福集團』隨即要面對的還有近乎天價的違約金、罰款，因此我們請到資深財經記者東平來為我們說明。東平你怎麼看？」

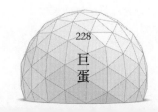

「根據我這邊收到的情資，負責巨蛋工程的『大幸營造』已經確定倒閉了，而『幸福集團』也可能會進行公司的改組與重整。而接下來整個『巨蛋』工程，肯定會就此暫時停工。那麼，市政府未來面臨的可能是兩個選擇，一是另外BOT再找承包商？或

『巨蛋』就此原地拆除？根據我對這位市長的魄力與執行力來推測，這兩個選擇都存在著可能性……」

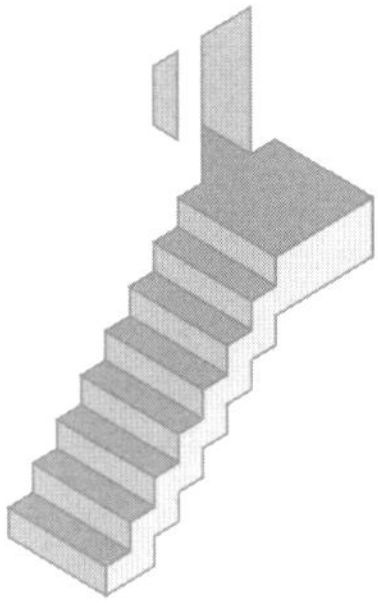

尾聲

密等與解密條件

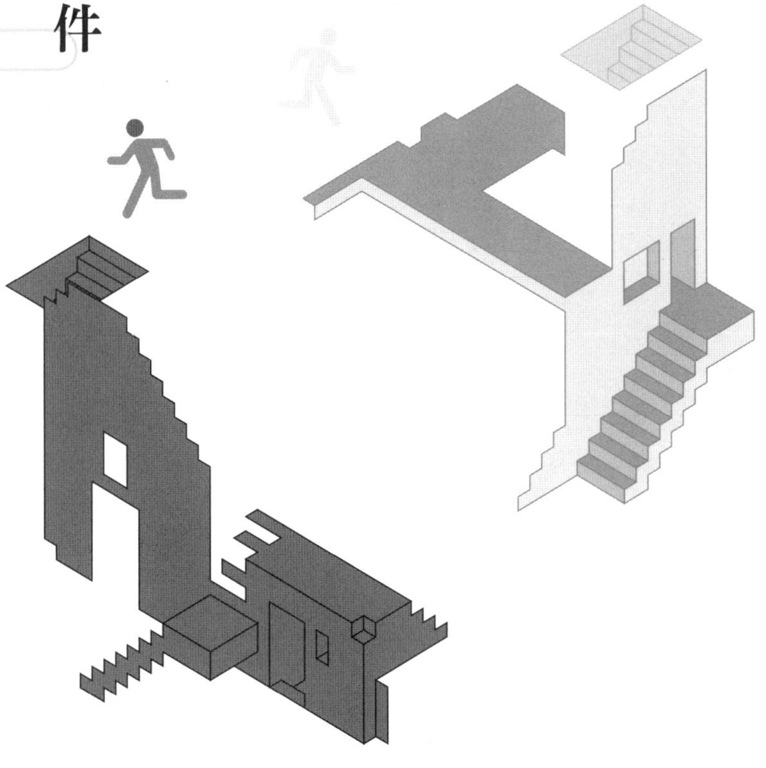

1 災前五分鐘——德宇

「今天就是聖誕夜耶。」明晴抬頭仰望著百貨公司前的大聖誕樹。原本預定由T市政府招標，以委外承包的方式建成二十一世紀指標型建物「巨蛋」，在幸福集團宣布重組之後，被迫強制停工了。而接手的「亞洲金融集團」，在短短半年之內，就將建物拆除，而土地重整之後，三分之二規劃作為公共住宅，而剩餘的土地在容積率轉移之後，蓋成了一座新外商進駐的百貨商場與文化產業園區。

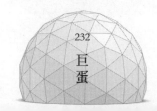

雖然跟T市現有的、知名度甚高的H百貨或S百貨的基地面積相比，新的百貨公司占地並沒有更大，但新潮的百貨以隔熱且減碳的玻璃牆面作為主要的建築工法，而外牆更以爬牆的綠建築作為主體，頂樓、裙樓以及襟翼都鋪滿太陽能面板，強調整棟自給自足的乾淨綠能源。

就連我跟明晴現在望著的這株、提供情侶們放閃自拍的聖誕樹，也全都掛上看起來不太花俏的ＬＥＤ燈，且是運用白日儲存太陽能電能來發光。從環保節能以及城市永續發展的角度來說，我覺得這才勉強稱得上是指標性的建築吧。

「再過幾小時就是聖誕節了。老公，你想要什麼禮物啊？」雖然結婚都已經快十年了，明晴依舊會露出這般少女甜美又嬌羞的表情。讓我想起她向我提出一起去夜衝的那天，羞怯又喜悅的俏臉。

我當時怎麼會猶豫不決呢？差一點、差一點就與眼前這般的幸福擦身而過了。我微微低下頭，望向自己的掌紋，感情線深如刻痕，表示自己用情之深；而事業線似乎也還在發展，最關鍵的生命線……應該還沒到盡頭吧。

不過我怎麼會忽然看起手相來了。我記得在哪裡的科學期刊讀過類似的報導。掌紋其實和星座類似，只是一種科學統計的結果。因為不同的性格、習慣和肌肉使用的方式，讓每個人手掌心的紋路，都綻放出不同的錯織模樣。

所以說啊，命運是可以由自己掌握的。

不過即便如此，我還是不太確定眼前這一個時空節點，是真正的現實。可能也不過是另一個時空分歧的量子態。我還是經常會在午夜或白日迷濛的夢境裡，想到另外一個時空的自己，因為羞赧而婉拒明晴當時的邀約，因為猶豫而沒有直升博士班並準備國考。都已經三十好幾還悽慘地當著單身狗，努力買禮物約會，採花釀蜜、希望將另一半騙入鳥巢的自己。

如果那個時空的我，只不過為了想買聖誕禮物，就受困在火勢延燒的建築物裡，結束了自己這樣悲慘的一生，那這個結局真的太爛了。

不過即便是那樣悽慘的時空分歧，以及糟糕透頂的結局，我有機會讓自己和周遭的人得救嗎？能在徹底的頹勢之中力挽狂瀾，讓身邊的人得到幸福嗎？

或許很難吧，但我希望自己能努力做到。畢竟每一次選擇而成的量子態，都有它存在的意義。無論是僥倖存活的貓，或不幸死去的貓，我們不一定非得接受一種事實，但每一次的事實都代表了一種價值與意義。

只不過大多數的時候我們不能重新作選擇，所以只能在第一次就好好把握。

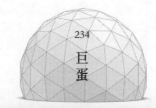

只是我想在眾多平行時空的選擇下，眼前的這一個應該是最好的結局了吧。我跟明晴在一起，王子公主過著幸福快樂的日子，而且我們的城市依舊那麼靜好，歌舞昇平，沒有任何可能造成公共安全危害的建築物，沒有黑心行賄圍標的企業，沒有貪瀆枉法的公務員。

托爾斯泰在他的巨作《安娜卡列尼娜》開頭，曾這麼寫道——每個幸福的家庭都很相似，每個不幸的家庭卻大不相同。但我覺得不對，幸福是建立在許多不幸的選擇之上，我們之所以能得到眼前的幸福，可能是無限不幸的疊加態坍縮、退相干與排斥過後的結果。

只有明瞭眼前這幸福是多麼地得來不易，才能真正懂得珍惜。

●

文創園區的入口附近，幾個高中男孩女孩正在打鬧著，推推搡搡，他們幾個大概剛剛聽完不遠處的搖滾天團演唱會，年輕的手腕還戴著紅黃紫靛不同色彩的螢光手環。

我不知道何故，將注意力投注在他們身上，側耳偷聽著他們的對話。

「我爸媽等等會過來這邊接我，那就這樣，先掰了喔。筑琪，祝你生日快樂。超棒的，能聽到天團的表演，這是我此生最大的願望了。」

「謝謝你家樺，你這樣很鬧耶，太誇張了。畢業之後我們還是可以再去聽他們的亞洲巡迴場啊。」

「喂喂，我才是終生鐵粉吧，可以不要無視我嗎？欸，那個家樺，你媽媽好像已經來了喔。」

對街停下了一部國產車，一個中年女人緩慢優雅地下了車。我遠遠看到駕駛座，坐著一個穿著束口工作服的男人，幸福的表情望著我們所在的街道。多麼幸福的一家人啊。

「淑真阿姨好。」兩個高中女孩禮貌地向那個男孩的媽媽問好，而那個被喚作淑真的中年女人滿臉微笑地和她兒子的兩個同學問好。

「那我走了喔，雅筑掰，筑琪掰，星期一學校見了。」

「嗯嗯，好。」拎著玩偶的白皙高中女生，向那高中男生揮手。眼前盡是是彩燈、氣球，玻璃櫥窗裡正播送著聽到膩的聖誕歌旋律。

男生才剛剛坐上爸媽的車，那個今天生日的女孩，馬上板起臉，佯裝嗔怒對著隔壁的女生高聲抱怨：「雅筑你，到，底，在，幹，嘛，啦。就讓家樺這樣走了嗎？你白痴嗎你，本來不是說好要在今晚跟家樺告白嗎？」

「我才不要呢。筑琪，這個送你。」那是兩隻粉紅粉白相間，貌似叫卡娜赫拉的玩偶。聽說這一對兔兔和小雞各自有暱稱，但我實際記不起來這種年輕族群的流行。

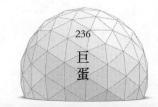

「其實我本來真的有點喜歡家樺，但是後來，我好像遇到更喜歡的人了。」名叫雅筑的高中女孩邊這麼說，望向她的姊妹淘，這時她倆猶如星火般燦爛的眼瞳裡，閃過稍

縱即逝的美麗光芒。

喔，原來是這麼回事。即便在這個平行時空量子態，我並不認識她們，但看起來也不乏有超展開的故事外掛嘛。這真是太好了，每個人都有快樂結局。

只是這時我突然很不吉利地想，如果是像《絕命終結站》那一類的血腥虐殺電影，我們這群在大災難裡僥倖脫身，倒轉沙漏金粉，唬攏騙過死神的生還者，是否真的能這樣幸福平安，直到故事尾聲？

會不會在最後來個什麼卡車爆衝、炸彈爆炸，或哪個聖教的聖戰士引爆自殺之類的恐怖攻擊，害得我們同歸於盡？

算了算了，別逗了。台灣最美的風景是人，不可能會有這種事了。我用力甩了甩頭，這時旁邊的明晴忽然發出詫異的驚呼。「欽德宇你看，看那個阿伯，他的動作好靈敏喔。」

我順著明晴手指的方向看，年約六十歲、看得出體格卻相當精壯的阿伯，一瞬間翻過圍籬，替正在啼哭的幼稚園小妹妹，追回了她不小心鬆手而飛走的好幾個告白氣球。

不到幾秒鐘的時間，憑著阿伯一個人就將氣球輕鬆地撈了回來，還給小妹妹。周遭圍觀的民眾發出了陣陣驚嘆。我總覺得這個阿伯的體格、外加這等身手，好像在哪裡見識過。

不過還是有最後一只告白氣球越飄越遠，最後飛越了T市的天際線。接著在目力極限的高空中，忽然迸裂開來。當這些碎屑散落到城市的角落時，每個人都已經洋溢在聖誕夜的幸福裡，沒有繼續往天空眺望了。

但我依舊被這些夜空裡飄散的碎屑給吸引。或許在另外一個平行時空裡，現在落下的是火勢燃燒之後的粉塵。又或許在另外一個時空裡，現在飄散的其實是少見的冰晶和粉雪。只可惜，在大多數的時空暫態裡，T市的冬天幾乎都不曾下雪。

「咸豐七年春正月，淡水大雪。」我想起曾在市政府密集書庫裡的《淡水廳志》這本書中，讀過類似的句子。不過那終究只是歷史，郢書燕說，或許事實又或許不真切的記述罷了。歷史學家總是堅稱歷史不容假設，不容重來。

但事實上明明就可以。只要真心相信，誰都可以有再一次的機會，讓事情做得更好，或讓自己成為更好的人。

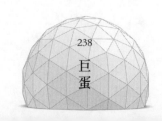

2 災難解除後五分鐘——老貓

「小妹妹，你來跟阿伯講一次，剛剛給你告白氣球的人，長得怎麼樣？」

「就是一個叔叔，然後穿著很像把拔的衣服。」

「是這種襯衫嗎？」

「把拔，我好害怕喔，我想趕快回家。」

「好，那我們今天先到這邊，請爸爸媽媽先帶小妹妹回去，晚一點可能有人會再跟你們家聯絡。」

雖然已經將危險物品給初步給排除了，但還是不能掉以輕心。這灌滿氫氣的告白氣球，加上剛剛發現且已經通報拆除的汽車炸彈、點火裝置，顯然都是這次恐攻計畫的一部分。

「老貓呼叫柯基，危機暫時解除了，目前一切正常。你們那邊收訊如何？」

「柯基報告，目前也沒有收到新的情資。通訊一切正常，衛星空拍也沒有發現到異狀。這次對方針對文創園區進行的攻擊，應該是確定被我們給先一步攔截了。」

「好，也替我通知『菊園』，請他們暫時不用出動，但要繼續保持警戒。」

「那麼老貓，你接下來打算怎麼樣？真的要就此退休？」

「我當然想啊，但怎麼可能。明年的大選過後，K黨恐怕會完全失去機關的管轄權。到時候『梅園』的權力核心肯定會重新改組，那時候還不知道會有多少類似的事。」

「看來那些網路上的酸民也只有說對一半。K黨不倒台灣不會好。但K黨倒了之後台灣就會好嗎？我還真的懷疑……」

「這頻道雖然有加密，但柯基你的話也說得太多了，自己注意一下。通話結束。over。」

（二〇一八年四月六日完稿）

（二〇一八年十一月九日修改）

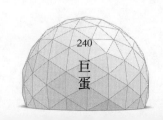

後記

讓我們繼續看下去

先說我本來沒打算寫後記。《巨蛋》在我設定裡就是類型小說，再細分應該是懸疑、災難類型，頂多加了些政治寓言，但並非小說主軸。而在我閱讀類型小說的經驗，大多沒有序或後記等等。沒了書前書後的文字，意圖很清楚，意思就是「請讀者直接閱讀故事本身吧」。我想恐怕要對故事本身以及讀者基數有一定的信心，作者才會如此宣稱。

這幾年台灣長篇小說——無論是類型或純文學小說，銷量都在衰退。歐美日韓等文化產業強權的翻譯小說則大量引薦，我們的讀者身處全球化時代，可選擇的書太多了，更何況閱讀僅是諸多娛樂產業媒介之一。但小說仍然扮演著內容製作者的功能。很多人都在討論何謂純文學小說？何謂類型小說？若要我用一句話定義，純文學偏向作者；類型則面向讀者。但問題來了，當讀者已經如此稀缺，為讀者而寫的類型故事是否還有意義？

一旦辯證到有沒有意義的層次，問題就太大了。原本《巨蛋》的出版影視等版權，我皆授權予給鏡文學；其後鏡文學與印刻文學合作出版，說實話它並不在我這幾年的出版計畫之中，換言之，我也沒想到這本書有紙本化的機會，這得感謝鏡與印刻的夥伴——項萱、張瑜、敏菁為本書的辛勤付出。

當然還得強調一下，書中提到的人名、地名、法令、機關等等純屬虛構，與現實世界無涉。

所謂小說可以干預現實，這本身就帶有超現實，尤其在讀者衰退的時代。若問我有對《巨蛋》有什麼期待，大概就是看到它影像化的一日吧。不過影像化牽涉到更多關於資本產業鍊等課題，這也超出作者所能置喙了。只是我自己看到接地氣的台灣原創小說電影，即便它沒有歐美日韓那麼好，我依舊會感動，想繼續看下去。

危機或許就是轉機，在產業衰頽、讀者背棄的時代，往往就是歷史轉折的時刻。讓我們繼續看下去。

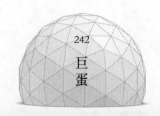

INK PUBLISHING
文學叢書 608

巨蛋

作　　者　祁立峰
總 編 輯　初安民
責任編輯　宋敏菁
美術編輯　林麗華
校　　對　潘貞仁　祁立峰　宋敏菁

發 行 人　張書銘
出　　版　INK 印刻文學生活雜誌出版股份有限公司
新北市中和區建一路249號8樓
電話：02-22281626
傳真：02-22281598
e-mail：ink.book@msa.hinet.net
網　　址　舒讀網http：//www.sudu.cc

法律顧問　巨鼎博達法律事務所
施竣中律師
總 代 理　成陽出版股份有限公司
電話：03-3589000（代表號）
傳真：03-3556521
郵政劃撥　19785090 印刻文學生活雜誌出版有限公司
印　　刷　海王印刷事業股份有限公司

港澳總經銷　泛華發行代理有限公司
地　　址　香港新界將軍澳工業邨駿昌街7號2樓
電　　話　(852) 2798 2220
傳　　真　(852) 3181 3973
網　　址　www.gccd.com.hk

出版日期　2019年10月　初版
ISBN　978-986-387-314-3

定　價　280元

國家圖書館出版品預行編目資料

巨蛋／祁立峰 著；
--初版, --新北市中和區：INK印刻文學,
2019.10　面；14.8 × 21公分.（文學叢書；608）
ISBN　978-986-387-314-3（平裝）

863.57　108014809

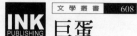